七月二日

Nocturne in Black and Gold - The Falling Rocket 1875

KB048238

비 오는 밤

윤동주

솨! 철석! 파도소리 문살에 부서져
잠 살포시 꿈이 흩어진다.

잠은 한낱 검은 고래떼처럼 살래어,
달랠 아무런 재주도 없다.

불을 밝혀 잠옷을 정성스리 여미는
삼경(三更).
염원(念願).

동경의 땅 강남에 또 홍수질 것만 싶어,
바다의 향수보다 더 호젓해진다.

七月一日

Grey and Silver - Chelsea Wharf 1864~1868

천둥소리가 저 멀리서 들려오고
구름이 끼어서 비라도 내리지 않을까
그러면 널 붙잡을 수 있을 텐데

—

천둥소리가 저 멀리서 들리며
비가 내리지 않는다 해도
당신이 붙잡아 주신다면

만엽집의 단가 中

七月三日

Nocturne: Battersea Bridge 1872~1873

어느 여름날

노자영

비가 함박처럼 쏟아지는 어느 여름날 ——
어머니는 밀전병을 부치기에 골몰하고
누나는 삼을 삼으며 미나리 타령을 불러

밀짚 방석에 가로누워 코를 골든 나는
미나리 타령에 잠이 깨어 주먹으로 눈을 부비며
"선희도 시집이 가고 싶은가 보군. 노래를 부르고!"

누나는 얼굴이 붉어지고
외양간의 송아지도 엄매! 하며
그 소리 부럽던 날 ——
이 날은 벌써 스무 해 전 옛날이었다.

七月.

천둥소리가 저 멀리서 들려오고

칠월 보름에
아! 갖가지 제물 벌여 두고
님과 함께 지내고자 소원을 비옵니다.

- 고려가요 '동동' 중 七月

화가 **제임스 휘슬러**

James Abbott McNeill Whistler. 1834~1903. 유럽에서 활약한 미국의 화가. '예술을 위한 예술'을 표방하고 회화의 주제 묘사로부터의 해방을 주장하여 차분한 색조와 그 해조(諧調)의 변화에 의한 개성적 양식을 확립했다. 어린 시절을 러시아에서 지내고 귀국 후 워싱턴에서 그림공부를 하다가, 1855년 파리에 유학하여 에콜 데 보자르에서 마르크 가브리엘 샤를 글레르의 문하생이 되었다. 그러나 귀스타브 쿠르베의 사실주의에 끌리고 마네, 모네 등 인상파 화가들과 교유하면서 점차 독자적인 화풍을 개척했다. 1877년 〈불꽃〉 등을 선보인 개인전을 런던에서 열었을 때 J. 러스킨의 혹평에 대해 소송을 일으켜 승소하였지만, 이는 몰이해한 군중을 한층 더 적으로 만드는 결과가 되고 말았다. 주요작품에 〈흰색의 교향곡 1번, 흰 옷을 입은 소녀〉 〈회색과 검정색의 조화, 1번 - 화가의 어머니〉 〈검정과 금빛 야상곡〉 〈녹턴 파란색과 은색-첼시〉 등이 있다.

시인

윤동주 백석 정지용 김소월 김영랑 한용운 노자영 장정심 이상화 이육사 윤곤강 고석규 이장희 허민 마사오카 시키 다이구 료칸 사이교 고바야시 잇사

七月四日

Seascape, Dieppe 1884~1886

청포도

이육사

내 고장 칠월(七月)은
청포도가 익어가는 시절

이 마을 전설이 주저리 주저리 열리고
먼데 하늘이 꿈꾸며 알알이 들어와 박혀

하늘밑 푸른 바다가 가슴을 열고
흰 돛단배가 곱게 밀려서 오면

내가 바라는 손님은 고달픈 몸으로
청포를 입고 찾아온다고 했으니

내 그를 맞아 이 포도를 따 먹으면
두 손은 함뿍 적셔도 좋으련

아이야 우리 식탁엔 은쟁반에
하이얀 모시 수건을 마련해 두렴

六月三十日

Sunlight on Brownstones 1956

6월이 오면, 인생은 아름다워라!

로버트 S. 브리지스

유월이 오면 날이 저물도록
향기로운 건초 속에 사랑하는 이와 앉아
잔잔한 바람 부는 하늘 높은 곳 흰 구름이 짓는,
햇살 비추는 궁궐도 바라보겠소.
나는 노래를 만들고, 그녀는 노래하고,
남들이 보지 못하는 건초더미 보금자리에,
아름다운 시를 읽어 해를 보내오.
오, 인생은 즐거워라, 유월이 오면.

七月五日

Nocturne: Blue and Gold-Southampton Water 1872

비

백석

아카시아들이 언제 흰 두레방석을 깔았나
어데서 물쿤 개비린내가 온다

Western motel 1957

바람과 노래

김명순

떠오르는 종다리 지종지종하매
바람은 옆으로 애끓이더라
서창(西窓)에 기대선 처녀
임에게 드리는 노래 바람결에 부치니
바람은 쏜살같이 남으로 불어가더라

七月六日

Note in Gold and Silver – Dordrecht 1884

장마

고석규

바람에 앞서며 강(江)이 흘렀다
강보다 너른 추세(趨勢)였다.

몸을 내리는 것은 어두움과
푸른적한 안개의 춤들.

더부러 오는 절류(絶流)가에
웃녘의 실지(失地)들을 바라보며
앉았고 서고 남았다.
망서리는 우리들이었다.

Sunlights in Cafeteria 1958

개

윤동주

「이 개 더럽잖니」
아——니 이웃집 덜렁 수캐가
오늘 어슬렁어슬렁 우리집으로 오더니
우리집 바둑이의 밑구멍에다 코를 대고
씩씩 내를 맡겠지 더러운 줄도 모르고,
보기 흉해서 막 차며 욕해 쫓았더니
꼬리를 휘휘 저으며
너희들보다 어떻겠냐 하는 상으로
뛰어가겠지요 나——참.

七月七日

Nocturne: Silver and Opal 1889

손바닥 안의
반딧불이 한 마리
그 차가운 빛

마사오카 시키

六月二十七日

Cottages at North Truro 1938

눈 감고 간다

윤동주

태양을 사모하는 아이들아
별을 사랑하는 아이들아

밤이 어두웠는데
눈 감고 가거라.

가진 바 씨앗을
뿌리면서 가거라.

발뿌리에 돌이 채이거든
감았던 눈을 왓작 떠라.

七月八日

Flower Market 1885

빨래

윤동주

빨랫줄에 두 다리를 드리우고
흰 빨래들이 귓속 이야기하는 오후,

쨍쨍한 칠월 햇발은 고요히도
아담한 빨래에만 달린다.

六月二十六日

Nighthawks 1942

내렸다가 그치고
불었다가 그치는
밤의 고요

오스가 오쓰지

七月九日

A Shop with a Balcony 1899

기왓장 내외

윤동주

비오는날 저녁에 기왓장내외
잃어버린 외아들 생각나선지
꼬부라진 잔등을 어루만지며
쭈룩쭈룩 구슬퍼 울음웁니다.

대궐지붕 위에서 기왓장내외
아름답든 옛날이 그리워선지
주름잡힌 얼굴을 어루만지며
물끄러미 하늘만 쳐다봅니다.

六月二十五日

Sun on Prospect Street(Gloucester, Massachusetts) 1934

가로수(街路樹)

윤동주

가로수(街路樹), 단촐한 그늘밑에
구두술 같은 헤ㅅ바닥으로
무심(無心)히 구두술을 할는 시름.

때는 오정(午正). 싸이렌,
어디로 갈 것이냐?

ㅁ시 그늘은 맴돌고.
따라 사나이도 맴돌고.

七月十日

Boutique de Boucher: The Butcher's Shop 1858

나의 창(窓)

윤곤강

등불 끄고 물소리 들으며
고이 잠들자

가까웠다 멀어지는
나그네의 지나는 발자취…

나그네 아닌 사람이 어디 있더냐
별이 지고 또 지면

달은 떠 오리라
눈도 코도 잠든 나의 창에…

Eleven A.M. 1926

밤

정지용

눈 머금은 구름 새로
흰달이 흐르고,

처마에 서린 탱자나무가 흐르고,

외로운 촉불이, 물새의 보금자리가 흐르고……

표범 껍질에 호젓하이 쌓이여
나는 이 밤, 「적막한 홍수」를 누어 건늬다.

七月十一日

A White Note 1861

눈물이 쉬루르 흘러납니다

김소월

눈물이 수르르 흘러납니다,
당신이 하도 못 잊게 그리워서
그리 눈물이 수르르 흘러납니다.

잊히지도 않는 그 사람은
아주 나 내버린 것이 아닌데도,
눈물이 수르르 흘러납니다.

가뜩이나 설운 맘이
떠나지 못할 운(運)에 떠난 것도 같아서
생각하면 눈물이 쉬루르 흘러납니다.

Sun in an Empty Room 1963

병원

윤동주

살구나무 그늘로 얼굴을 가리고, 병원 뒤뜰에 누워,
젊은 여자가 흰 옷 아래로 하얀 다리를 드러내 놓고
일광욕을 한다. 한나절이 기울도록 가슴을 앓는다는
이 여자를 찾아오는 이, 나비 한 마리도 없다.
슬프지도 않은 살구나무 가지에는 바람조차 없다.

나도 모를 아픔을 오래 참다 못해 처음으로 이곳에
찾아왔다. 그러나 나의 늙은 의사는 젊은이의 병을
모른다. 나한테는 병이 없다고 한다. 이 지나친 시련,
이 지나친 피로, 나는 성내서는 안 된다.

여자는 자리에서 일어나 옷깃을 여미고 화단에서
금잔화 한 포기를 따 가슴에 꽂고 병실 안으로
사라진다. 나는 그 여자의 건강이— 아니 나의
건강도 속히 회복되기를 바라며 그가 누웠던 자리에
누워 본다.

七月十二日

Nocturne Grey and Silver 1873~1875

수풀 아래 작은 샘

김영랑

수풀 아래 작은 샘
언제나 흰구름 떠가는 높은 하늘만 내어다보는
수풀 속의 맑은 샘
넓은 하늘의 수만 별을 그대로 총총 가슴에 박은 작은 샘
두레박이 쏟아져 동이 갓을 깨지는 찬란한 떼별의 흩는 소리
얽혀져 잠긴 구슬손결이
웬 별나라 휘 흔들어버리어도 맑은 샘
해도 저물녘 그대 종종걸음 휜 듯 다녀갈 뿐 샘은 외로와도
그 밤 또 그대 날과 샘과 셋이 도른도른
무슨 그리 향그런 이야기 날을 새웠나
샘은 애끈한 젊은 꿈 이제도 그저 지녔으리
이 밤 내 혼자 내려가 볼꺼나 내려가 볼꺼나

Corn Hill 1930

유월

윤곤강

보리 누르게 익어
종달이 하늘로 울어 날고
멍가나무의 빨간 열매처럼
나의 시름은 익는다

七月十三日

Chelsea Shops 1885

비 갠 아침

이상화

밤이 새도록 퍼붓던 그 비도 그치고
동편 하늘이 이제야 불그레하다
기다리는 듯 고요한 이 땅 위로
해는 점잖게 돋아 오른다.

눈부시는 이 땅
아름다운 이 땅
내야 세상이 너무도 밝고 깨끗해서
발을 내밀기에 황송만 하다.

해는 모든 것에서 젖을 주었나 보다.
동무여, 보아라,
우리의 앞뒤로 있는 모든 것이
햇살의 가닥 — 가닥을 잡고 빨지 않느냐.

이런 기쁨이 또 있으랴.
이런 좋은 일이 또 있으랴.
이 땅은 사랑 뭉텅이 같구나.
아, 오늘의 우리 목숨은 복스러워도 보인다.

六月二十一日

The Long Leg 1930

그대는 호령도 하실 만하다

김영랑

창랑에 잠방거리는 흰 물새러냐
그대는 탈도 없이 태연스럽다

마을 휩쓸고 목숨 앗아간
간밤 풍랑도 가소롭구나

아침 날빛에 돛 높이 달고
청산아 보아라 떠나가는 배

바람은 차고 물결은 치고
그대는 호령도 하실 만하다

七月十四日

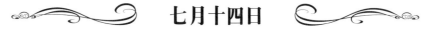

Man Smoking a Pipe 1859

할아버지

정지용

할아버지가
담배ㅅ대를 물고
들에 나가시니,
궂은 날도
곱게 개이고,

할아버지가
도롱이를 입고
들에 나가시니,
가믄 날도
비가 오시네.

六月二十日

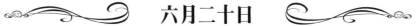

Office in a Small City 1953

한 조각 하늘

박용철

무심한 눈을 들창으로 치어들다,
한 조각 푸른 하늘이 눈에 뜨이여

이 얼마 하늘을 잊고 살던 일이 생각되여
잊어버렸든 귀한 것을 새로 찾은 듯싶어라.

네 벽 좁은 방 안에 있는 마음이 뛰어
눈에 거칠 것 없는 들녘 언덕 위에

둥그런 하늘을 온통 차일 삼고
바위나 어루만지며 서 있는 듯 기뻐라.

七月十五日

Note in Opal The Sands Dieppe 1885

사과

윤동주

붉은 사과 한 개를
아버지 어머니
누나, 나, 넷이서
껍질채로 송치까지
다 ― 논아먹엇소.

六月十九日

New York Restaurant 1922

사랑

황석우

사랑은 잿갈거리기 잘하는
제비의 혼(魂)!
그들은 사람들의 입술 위의 추녀 끝에
보금자리를 치고 있다

七月十六日

Nocturne: Black and Red-Back Canal, Holland 1883

밤에 오는 비

허민

추억의 덩굴에 눈물의 쓰린 비
피었던 금잔화는 시들어 버린다

처마 끝 떨어지는 어둠의 여름비
소리도 애처로워 가슴은 쓰린다

옛날은 어둠인가 멀어졌건만
한 일은 빗소린가 머리에 들린다

뒤숭한 이 밤을 새우지 못하는
젊은이 가슴 깊이 옛날을 그린다

High Noon 1949

몽미인(夢美人)

변영로

꿈이면 가지는 그 길
꿈이면 들리는 그 집
꿈이면 만나는 그 이

어느결 가지는 그 길
언제나 낯익은 그 길
웃잖고 조용한 그 얼굴

커다란 유심한 그 눈
담은 채 말 없는 그 입
잡으랴 놓치는 그 모습

어찌다 깨이면 그 꿈
서글기 끝 없네 내 마음
다시금 잠 들랴 헛된 일

딱딱한 포도(鋪道)를 걸으며
짝 잃은 나그네 홀로서
희미한 그 모습 더듬네

머잖아 깊은 잠 들 때엔
밤낮에 못 잊은 그대를
그 길가 그 집서 뵈시리.

七月十七日

Bathing Posts 1893

탁발 그릇에
내일 먹을 쌀 있다
저녁 바람 시원하고

다이구 료칸

六月十七日

People in The Sun 1960

아침

윤동주

휙, 휙, 휙,
소꼬리가 부드러운 채찍질로
어둠을 쫓아
캄, 캄, 어둠이 깊다 깊다 밝으오.

이제 이 동리의 아침이
풀살 오는 소엉덩이처럼 푸르오.
이 동리 콩죽 먹은 사람들이
땀물을 뿌려 이 여름을 길렀소.

잎, 잎, 풀잎마다 땀방울이 맺혔소.

꾸김살 없는 이 아침을
심호흡하오 또 하오.

Study for Mouth of The River 1877

맑은 물

허민

숲 사이로 흐르는 맑은 물들은
함께 서로 손잡고 흘러나리네
서늘스런 그 자태 어디서 왔나
구름 나라 선물로 이 땅에 왔네

졸졸졸졸 흐르는 맑은 물들은
이 땅 우의 거울이 되어 있어요
구름 얼굴 하늘을 아듬어 있고
저녁 별님 반짝을 감추고 있네

숲 사이에서 흐르는 맑은 물들아
너희들의 앞길이 어드메느냐
동쪽 나라 바다로 길을 걷느냐
아침 해님 모시려 흘러가느냐

졸졸졸졸 흐르는 맑은 물에게
어린 솜씨 만들은 대배를 뛰네
어머니가 그곳서 이 배를 타고
오도록만 비옵네 풀피리 부네

六月十六日

Room in Brooklyn 1932

쉽게 쓰여진 시

윤동주

창 밖에 밤비가 속살거려
육첩방(六疊房)은 남의 나라,

시인이란 슬픈 천명인 줄 알면서도
한 줄 시를 적어볼까.

땀내와 사랑내 포근히 품긴
보내주신 학비봉투를 받아

대학 노트를 끼고
늙은 교수의 강의 들으러 간다.

생각해보면 어린 때 동무를
하나, 둘, 죄다 잃어버리고

나는 무얼 바라
나는 다만, 홀로 침전하는 것일까?

인생은 살기 어렵다는데
시가 이렇게 쉽게 쓰여지는 것은
부끄러운 일이다.

육첩방은 남의 나라
창 밖에 밤비가 속살거리는데

등불을 밝혀 어둠을 조금 내몰고
시대처럼 올 아침을 기다리는 최후의 나,

나는 나에게 작은 손을 내밀어
눈물과 위안으로 잡는 최초의 악수.

Harmony in Yellow and Gold: The Gold Girl-Connie Gilchrist 1876~1877

반달과 소녀(少女)

한용운

옛 버들의 새 가지에
흔들려 비치는 부서진 빛은
구름 사이의 반달이었다.

뜰에서 놀든 어엽분 소녀(少女)는
「저게 내 빗(梳)이여」 하고 소리쳤다.
발꿈치를 제겨드되고
고사리 같은 손을 힘 있게 들어
반달을 따려고 강장강장 뛰었다.

따려다 따지 못하고
눈을 할낏 흘기며 손을 놀렸다.
무릇각시의 머리를 씨다듬으며
「자장자장」하더라.

六月十五日

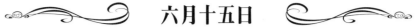

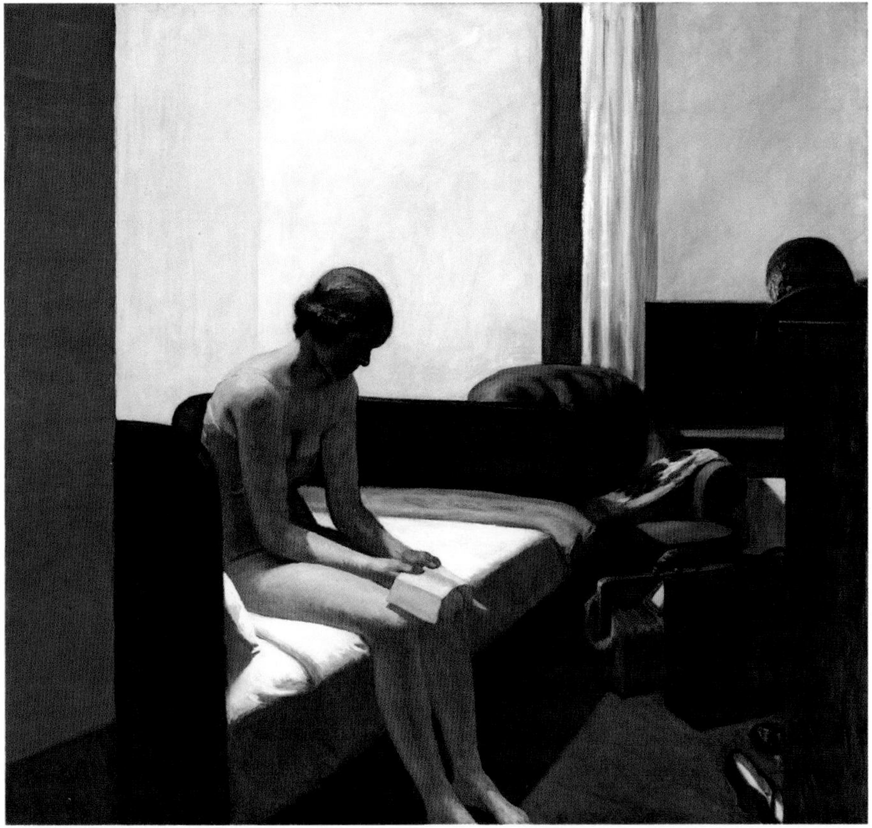

Hotel Room 1931

가슴 1

윤동주

소리 없는 북,
답답하면 주먹으로
뚜드려 보오.

그래 봐도
후—
가—는 한숨보다 못하오.

Pink Note: The Novelette 1884

하일소경(夏日小景)

이장희

운모(雲母)같이 빛나는 서늘한 테이블.
부드러운 얼음, 설탕, 우유(牛乳).
피보다 무르녹은 딸기를 담은 유리잔(琉璃盞).
얇은 옷을 입은 저윽히 고달픈 새악시는
기름한 속눈썹을 깔아메치며
가냘픈 손에 들은 은(銀)사시로
유리잔(琉璃盞)의 살찐 딸기를 부수노라면
담홍색(淡紅色)의 청량제(清涼劑)가 꽃물같이 흔들린다.
은(銀)사시에 옮기인 꽃물은
새악시의 고요한 입술을 앵도보다 곱게도 물들인다.
새악시는 달콤한 꿈을 마시는 듯
그 얼굴은 푸른 잎사귀같이 빛나고
콧마루의 수은(水銀) 같은 땀은 벌써 사라졌다.
그것은 밝은 하늘을 비추어 작은 못 가운데서
거울같이 피어난 연(蓮)꽃의 이슬을
헤엄치는 백조(白鳥)가 삼키는 듯하다.

六月十四日

Rooms by The Sea 1951

보기 좋아라
내 사랑하는 님의
새하얀 부채

요사 부손

Pink Note: Shelling Peas 1883~1884

창문

장정심

때는 여름 찌는 듯한 날인데
홀로 심심하게 누워서 책을 읽다
무엇이 푸덕푸덕 하기에 찾아보니
참새 한 마리 열린 창문으로 들어왔소

두론 문은 그대로 열려 있었소
찾지 못하고 이리저리 허덕대기에
인생도 역시 역경에 방황할 때 저렇거니
너무도 가엾어 사방문을 열어 주었소

Blackwell's Island 1928

송인(送人)

정지상

雨歇長堤草色多 우헐장제초색다
送君南浦動悲歌 송군남포동비가
大同江水何時盡 대동강수하시진
別淚年年添綠波 별루년년첨록파

비 개인 긴 언덕에는 풀빛이 푸른데
그대를 남포에서 보내며 슬픈 노래 부르네
대동강 물은 그 언제 다할 것인가
이별의 눈물 해마다 푸른 물결에 더하는 것을

七月二十二日

Valparaiso Harbor 1866

누군가 오려나
달빛에 이끌려서
생각하다 보니
어느 틈에 벌써
날이 새고 말았네

사이교

六月十二日

Morning Sun 1952

하몽(夏夢)

권환

넓고 망망한 이 지구 위엔
산도 바다도 소나무도 야자수도
빌딩도 전신주도 레일도 없는

오직 불그레한 복숭아꽃 노 — 란 개나리꽃만
빈틈없이 덮인 꽃 바다 꽃 숲이었다

노 — 란 바다 불그레한 숲 그 속에서
리본도 넥타이도 스타킹도 없는 발가벗은 몸둥이로
영원한 청춘을 노래하였다

무상(無像)의 조각처럼
영원히 피곤도 싫증도 모르고

영원히 밝고 영원히 개인 날에

나는 손으로 기타를 치면서
발로는 댄서를 하였다

그것은 무거운 안개가 땅을 덮은
무덥고 별없는 어느 여름밤 꿈이었다

Nocturne: Blue and Gold – Old Battersea Bridge 1875

별바다의 기억(記憶)

윤곤강

마음의 광야(曠野) 위에
푸른 눈동자를 가진 밤이 찾아들면

후줄근히 지친 넋은
병든 소녀처럼 흐느껴 울고

울어도 울어도
풀어질 줄 모르는 무거운 슬픔이
안개처럼 안개처럼
내 침실의 창기슭에 어리면

마음의 허공에는
고독의 검은 구름이
만조처럼 밀려들고

— 이런 때면 언제나
별바다의 기억이
제비처럼 날아든다

내려다보면
수없는 별떼가
무논 위에 금가루를 뿌려 놓고

건너다 보면
어둠 속을 이무기처럼
불 켠 밤차가 도망질치고

쳐다보면
붉은 편주처럼 쪽달이
둥실 하늘바다에 떠 있고

우리들은
나무 그림자 길게 누운 논뚝 위에서
퇴색(退色)한 마음을 주홍빛으로 염색(染色)하고
오고야 말 그 세계의 꽃송이 같은 비밀을
비둘기처럼 이야기했더니라

六月十一日

Carolina Morning 1955

이름을 듣고
또 다시 보게 되네
풀에 핀 꽃들

미사부로 데이지

Harmony in Grey and Green: Miss Cicely Alexander 1873

잠자리

윤곤강

능금처럼 볼이 붉은 어린애였다
울타리에서 잡은 잠자리를
잿불에 끄슬려 먹던 시절은

그때 나는 동무가 싫었다
그때 나는 혼자서만 놀았다

이웃집 순이와 짚누리에서
동생처럼 볼을 비비며 놀고 싶었다

그때부터 나는 부끄럼을 배웠다
그때부터 나는 잠자리를 먹지 않었다

六月十日

Railroad Sunset 1929

산림(山林)

윤동주

시계(時計)가 자근자근 가슴을 때려
불안(不安)한 마음을 산림이 부른다.

천년(千年) 오래인 연륜(年輪)에 짜들은 유암(幽暗)한 산림이,
고달픈 한몸을 포옹(抱擁)할 인연(因緣)을 가졌나 보다.

산림의 검은 파동(波動) 위로부터
어둠은 어린 가슴을 짓밟고

이파리를 흔드는 저녁바람이
솨— 공포(恐怖)에 떨게 한다.

멀리 첫여름의 개구리 재질댐에
흘러간 마을의 과거(過去)는 아질타.

나무틈으로 반짝이는 별만이
새날의 희망(希望)으로 나를 이끈다.

七月二十五日

Green and Silver- Beaulieu, Touraine 1888

외갓집

윤곤강

엄마에게 손목 잡혀
꿈에 본 외갓집 가던 날
기인 기인 여름해 허둥 지둥 저물어
가도 가도 산과 길과 물뿐……

별떼 총총 못물에 잠기고
덩굴 속 반딧불 흩날려
여호 우는 숲 저 쪽에
흰 달 눈썹을 그릴 무렵

박넝쿨 덮인 초가 마당엔
집보다 더 큰 호두나무 서고
날 보고 웃는 할아버지 얼굴은
시들은 귤처럼 주름졌다

House by The Railroad 1925

정주성

백석

산(山)턱 원두막은 뷔였나 불빛이 외롭다
헝겊심지에 아즈까리 기름의 쪼는 소리가 들리는
듯하다

잠자리 조을든 문허진 성(城)터
반딧불이 난다 파란 혼(魂)들 같다
어데서 말 있는 듯이 크다란 산(山)새 한 마리 어두운
골짜기로 난다

헐리다 남은 성문(城門)이
한울빛같이 훤하다
날이 밝으면 또 메기수염의 늙은이가 청배를 팔러
올 것이다

七月二十六日

Nocturne: Blue and Silver–Chelsea 1871

얼마나 운이 좋은가
올해에도 모기에 물리다니

고바야시 잇사

Summer Evening 1947

여름밤이 길어요

한용운

당신이 계실 때에는 겨울밤이 쩌르더니 당신이
가신 뒤에는 여름밤이 길어요
책력의 내용이 그릇되었나 하였더니 개똥불이
흐르고 벌레가 웁니다
긴 밤은 어디서 오고 어디로 가는 줄을 분명히
알았습니다
긴 밤은 근심바다의 첫 물결에서 나와서 슬픈
음악이 되고 아득한 사막이 되더니 필경 절망의
성(城) 너머로 가서 악마의 웃음 속으로
들어갑니다

그러나 당신이 오시면 나는 사랑의 칼을 가지고
긴 밤을 깨어서 일천(一千) 토막을 내겠습니다
당신이 계실 때는 겨울밤이 쩌르더니 당신이 가신
뒤는 여름밤이 길어요

Wapping 1860~1864

바다 1

정지용

오·오·오·오·오· 소리치며 달려 가니
오·오·오·오·오· 연달어서 몰아 온다.

간 밤에 잠살포시
머언 뇌성이 울더니,

오늘 아침 바다는
포도빛으로 부풀어젓다.

철석, 처얼석, 철석, 처얼석, 철석,
제비 날어들 듯 물결 새이새이로 춤을 추어.

六月七日

House at Dusk 1935

숲 향기 숨길

김영랑

숲 향기 숨길을 가로막았소
발 끝에 구슬이 깨이어지고
달따라 들길을 걸어다니다
하룻밤 여름을 새워 버렸소

Green and Silver: The Bright Sea, Dieppe 1883~1885

물결

노자영

물결이 바위에
부딪치면은
새하얀 구슬이
떠오릅디다.

이 맘이 고민에
부딪치면은
시커먼 눈물만
솟아납디다.

물결의 구슬은
해를 타고서
무지개 나라에
흘러가지요……

그러나 이 마음의 눈물은
해도 없어서
설거푼 가슴만
썩이는구려.

Moonlight Interior 1923

여름밤의 풍경

노자영

새벽 한 시 울타리에 주렁주렁 달린 호박꽃엔
한 마리 반딧불이 날 찾는 듯 반짝거립니다
아, 멀리 계신 님의 마음 반딧불 되어 오셨습니까?
삼가 방문을 열고 맨발로 마중 나가리다

창 아래 잎잎이 기름진 대추나무 사이로
진주같이 작은 별이 반짝거립니다
당신의 고운 마음 별이 되어 날 부르시나이까
자던 눈 고이 닦고 그 눈동자 바라보리다.

후원 담장 밑에 하얀 박꽃이 몇 송이 피어
수줍은 듯 홀로 내 침실을 바라보나이다
아, 님의 마음 저 꽃이 되어 날 지키시나이까
나도 한 줄기 미풍이 되어 당신 귀에 불어가리다.

七月二十九日

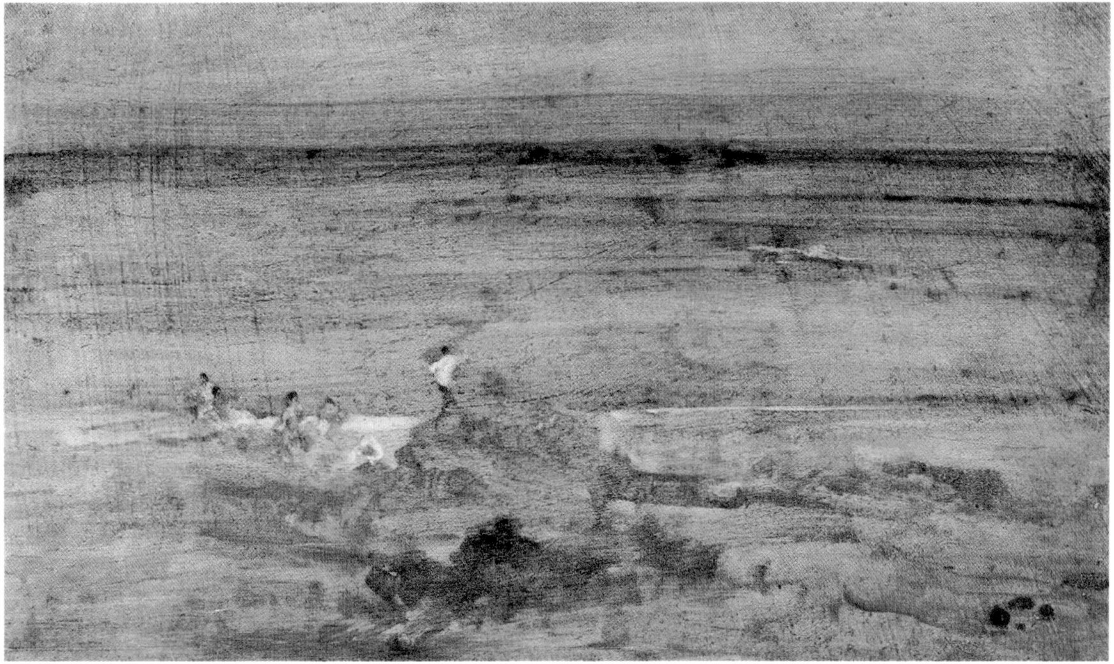

Violet and Blue: The Little Bathers 1888

하답(夏畓)

백석

짝새가 발뿌리에서 닐은 논드렁에서 아이들은
개구리의 뒷다리를 구워먹었다

게구멍을 쑤시다 물쿤하고 배암을 잡은 늪의
피 같은 물이끼에 햇볕이 따그웠다

돌다리에 앉어 날버들치를 먹고 몸을 말리는
아이들은 물총새가 되었다

六月五日

Rooms for Tourists 1945

반디불

윤동주

가자 가자 가자
숲으로 가자
달조각을 주으러
숲으로 가자.

—— 그믐밤 반디불은
—— 부서진 달조각,

가자 가자 가자
숲으로 가자
달조각을 주으러
숲으로 가자.

七月三十日

Nocturne: Blue and Gold – Southampton Water 1872

선우사(膳友辭) - 함주시초(咸州詩抄) 4

백석

낡은 나조반에 흰밥도 가재미도 나도 나와 앉어서
쓸쓸한 저녁을 맞는다

흰밥과 가재미와 나는
우리들은 그 무슨 이야기라도 다 할 것 같다
우리들은 서로 미덥고 정답고 그리고 서로 좋구나

우리들은 맑은 물밑 해정한 모래톱에서 하구 긴
날을 모래알만 헤이며 잔뼈가 굵은 탓이다
바람 좋은 한벌판에서 물닭이 소리를 들으며
단이슬 먹고 나이 들은 탓이다
외따른 산골에서 소리개 소리 배우며 다람쥐
동무하고 자라난 탓이다

우리들은 모두 욕심이 없어 희여졌다
착하디착해서 세괃은 가시 하나 손아귀 하나 없다
너무나 정갈해서 이렇게 파리했다

⇨ 뒷장에 계속

六月四日

Night Shadows 1921

개똥벌레

윤곤강

저만이 어둠을 꿰매는 양
꽁무니에 등불을 켜 달고 다닌다

Harmony in Blue and Silver: Trouville 1865

우리들은 가난해도 서럽지 않다
우리들은 외로워할 까닭도 없다
그리고 누구 하나 부럽지도 않다

흰밥과 가재미와 나는
우리들이 같이 있으면
세상 같은 건 밖에 나도 좋을 것 같다

六月三日

Bistro 1909

첫여름

윤곤강

들에 괭잇날
비눌처럼 빛나고
풀 언덕엔
암소가 기일게 운다

냇가로 가면
어린 바람이 버들잎을
물처럼 어루만지고 있었다

Colour Scheme for the Dining-Room of Aubrey House 1873

햇비

윤동주

아씨처럼 나린다
보슬보슬 해ㅅ비
맞아주자 다 같이
— 옥수숫대처럼 크게
— 닷자 엿자 자라게
— 햇님이 웃는다
— 나 보고 웃는다.

하늘다리 놓였다
알롱알롱 무지개
노래하자 즐겁게
— 동무들아 이리 오나
— 다 같이 춤을 추자
— 햇님이 웃는다
— 즐거워 웃는다.

First Branch of The White River Vermont 1938

나무

윤동주

나무가 춤을 추면
바람이 불고,
나무가 잠잠하면
바람도 자오.

八月.

그리고 지중지중 물가를 거닐면

팔월 보름은
아! 한가윗날이건마는
님을 모시고 지내야만
오늘이 뜻있는 한가윗날입니다.

- 고려가요 '동동' 중 八月

화가 **앙리 마티스**

Henri Émile-Benoit Matisse. 1869~1954. 프랑스의 화가. 파블로 피카소와 함께 '20세기 최대의 화가'로 꼽힌다. 1900년경에 야수주의 운동의 지도자였던 마티스는 평생 동안 색채의 표현력을 탐구했다. 1891년 마티스는 법률 공부를 포기하고 회화를 공부하기 위해 1893년 파리 국립 미술 학교에 들어가 구스타프 모로에게서 배웠다. 1904년 무렵에 전부터 친분이 있는 피카소·드랭·블라맹크 등과 함께 20세기 최초의 혁신적 회화 운동인 야수파 운동에 참가하여, 그 중심인물로 활약했다. 드랭과 마티스과 처음으로 공동 전시회를 열었을 때, 미술 비평가들은 이 작품들을 조롱하듯 '레 포브'(Les Fauves, 야수라는 뜻)라고 불렀다. 그러나 이 미술가들의 명성이 높아지고, 그림도 호평을 받고 찾는 사람들도 많아짐에 따라 '야수파'가 하나의 미술 운동이 되었다. 제1차 세계대전 후에는 주로 니스에 머무르면서, 모로코·타히티 섬을 여행하였다. 타히티 섬에서는 재혼을 하여 약 7년 동안 거주하였다. 만년에는 색도 형체도 단순화되었으며, 밝고 순수한 빛과 명쾌한 선에 의하여 훌륭하게 구성된 평면적인 화면은 '세기의 경이'라고까지 평가되고 있다. 제2차세계대전 후에 시작하여 1951년에 완성한 반(Vannes) 예배당의 장식은 세계 화단의 새로운 기념물이다. 대표작으로 〈춤〉〈젊은 선원〉 등이 있다.

시인

윤동주 백석 정지용 김영랑 이장희 윤곤강 한용운 권환 노자영
변영로 박용철 마쓰오 바쇼 요사 부손 모리카와 교리쿠

Cape cod Morning 1950

그 노래

장정심

시보다 더 고운 노래
꽃보다 더 고운 노래
물결이 헤어지듯이
가만한 노래가 듣고 싶소

듣도록 더 듣고 싶은 그 노래
이제는 도무지 들을 수 없으니
어디로 가면은 들여 주려오
맑고도 곱고도 다정한 그 노래

병상에 와서도 위로해 주고
고적할 그때도 불러 주고
분주한 그날에 도와주든
고상하고 다정한 그 노래

침묵의 벗 노래의 벗
그보다 미소의 벗이여
봄에 오려오 가을에 오려오
꿈에라도 그 노래 다시 들려주시오

八月一日

Women on The Beach, Etretat 1920

바다

백석

바닷가에 왔드니
바다와 같이 당신이 생각만 나는구려
바다와 같이 당신을 사랑하고만 싶구려

구붓하고 모래톱을 오르면
당신이 앞선 것만 같구려
당신이 뒤선 것만 같구려

그리고 지중지중 물가를 거닐면
당신이 이야기를 하는 것만 같구려
당신이 이야기를 끊는 것만 같구려

바닷가는
개지꽃에 개지 아니 나오고
고기비늘에 하이얀 햇볕만 쇠리쇠리하야
어쩐지 쓸쓸만 하구려 섧기만 하구려

六月.

이파리를 흔드는 저녁 바람이

유월 보름에
아! 벼랑가에 버린 빗 같구나.
돌아보실 님을 잠시나마 따르겠습니다.

- 고려가요 '동동' 중 六月

화가 **에드워드 호퍼**

Edward Hopper. 1882~1967. 미국의 대표적인 사실주의 화가. 1889년경 파슨스디자인스쿨의 전신인 뉴욕예술학교에서 미국의 사실주의 화가 로버트 헨리에게서 그림을 배웠다. 에드워드 호퍼는 현대 미국인의 삶과 고독, 상실감을 탁월하게 표현해내 전 세계적으로 열렬하게 환호와 사랑을 받는 화가이다. 그의 여유롭고 정밀하게 계산된 표현은 근대 미국인의 삶에 대한 그의 개인적인 시각을 반영한다. 희미하게 음영이 그려진 평면적인 묘사법에 의한 정적(靜寂)이며 고독한 분위기를 담은 건물이 서 있는 모습이나 사람의 자태는 지극히 미국적인 특색을 강하게 보여주고 있다. 그의 작품들은 산업화와 제1차 세계대전, 경제대공황을 겪은 미국의 모습을 잘 나타냈고, 그 때문에 사실주의 화가로 불린다. 1960년대와 1970년대 팝아트, 신사실주의 미술에 큰 영향을 미쳤다. 평범한 일상을 의미심장한 진술로 표현하여 대중적인 인기를 얻었다. 주요 작품으로 〈철길 옆의 집(House by the Railroad)〉(1925), 〈자동판매기 식당(Automat)〉(1927), 〈일요일 이른 아침(Early Sunday Morning)〉(1930), 〈호텔 방(Hotel Room)〉(1931), 〈뉴욕극장(New York Movie)〉(1939), 〈주유소(Gas)〉(1940), 〈밤을 지새우는 사람들(Nighthawks)〉(1942) 등이 있다.

시인

윤동주　백석　정지용　박인환　김영랑　한용운　윤곤강　박용철
변영로　노자영　김명순　장정심　권환　박용철　정지상　황석우
로버트 시모어 브리지스　요사 부손　미사부로 데이지　오스가 오쓰지

八月二日

Aht Amont Cliffs at Etretat 1920

바다

윤동주

실어다 뿌리는
바람조차 시원타.

솔나무 가지마다 새침히
고개를 돌리어 뻐들어지고,

밀치고
밀치운다.

이랑을 넘는 물결은
폭포처럼 피어오른다.

해변에 아이들이 모인다.
찰찰 손을 씻고 구보로.

바다는 자꾸 섧어진다,
갈매기의 노래에……

돌아다보고 돌아다보고
돌아가는 오늘의 바다여!

五月三十一日

Roses in a Vase 1890

모두 거짓말이었다며
봄은 달아나 버렸다

타데나 산토카

A Glimpse of Notre Dame in the Late Afternoon 1902

여름 냇물을 건너는 기쁨이여,
손에는 짚신

요사 부손

Fifth Avenue Nocturne 1895

기도

김명순

거울 앞에 밤마다 밤마다
좌우편에 촛불 밝혀서
한없는 무료를 잊고 지고
달빛같이 파란 분 바르고서는
어머니의 귀한 품을 꿈꾸려.

귀한 처녀 귀한 처녀 설운 신세 되어
밤마다 밤마다 거울의 앞에.

八月四日

Swiss Landscape (also known as The Road to chezieres a Villars) 1901

창공(蒼空)

윤동주

그 여름날
열정(熱情)의 포푸라는
오려는 창공(蒼空)의 푸른 젖가슴을
어루만지려
팔을 펼쳐 흔들거렸다.
끓는 태양(太陽)그늘 좁다란 지점(地點)에서.

천막(天幕) 같은 하늘밑에서
떠들던 소나기
그리고 번개를,

춤추던 구름은 이끌고
남방(南方)으로 도망하고,
높다랗게 창공(蒼空)은 한폭으로
가지 위에 퍼지고
둥근달과 기러기를 불러왔다.

푸드른 어린 마음이 이상(理想)에 타고,
그의 동경(憧憬)의 날 가을에
조락(凋落)의 눈물을 비웃다.

Moonlight The Old House 1906

꿈은 깨어지고

윤동주

잠은 눈을 떴다
그윽한 유무(幽霧)에서.

노래하든 종달이
도망쳐 날아나고,

지난날 봄타령하든
금잔디밭은 아니다.

탑(塔)은 무너졌다,
붉은 마음의 탑(塔)이—

손톱으로 새긴 대리석탑(大理石塔)이—
하로저녁 폭풍(暴風)에 여지(餘地)없이도,

오오 황폐(荒廢)의 쑥밭,
눈물과 목메임이여!

꿈은 깨어졌다
탑(塔)은 무너졌다.

八月五日

The Open Window 1918

둘 다

윤동주

바다도 푸르고
하늘도 푸르고

바다도 끝없고
하늘도 끝없고

바다에 돌 던지고
하늘에 침 뱉고

바다는 벙글
하늘은 잠잠

五月二十八日

Twenty Six of June Old Lyme 1912

봄 비

노자영

봄 비 밤새도록 소리없이 내리는 비!
첫사랑을 바치는 그 여인의 넋같은 보드러운 촉수(觸手)!
따뜻한 네 지정(至情)에 말랐던 개나리 다시 눈뜨리!

방울방울 눈물자욱 나무 가지에 어려
청록이 적은 엄은 어머니 유방에 묻힌 어린애 눈 같구나!
아, 봄비. 어머니 마음씨 같은 보드러운 너의 애무!
오늘밤도 내리고 내일밤도 내려라
겨울도, 추위도, 얼음도 네 발자욱 밑에 모두 녹았으니.

八月六日

Still Life with Dance 1909

산촌(山村)의 여름 저녁

한용운

산 그림자는 집과 집을 덮고
풀밭에는 이슬 기운이 난다
질동이를 이고 물깃는 처녀는
걸음걸음 넘치는 물에 귀밑을 적신다.

올감자를 캐어 지고 오는 사람은
서쪽 하늘을 자주 보면서 바쁜 걸음을 친다.
살진 풀에 배부른 송아지는
게을리 누워서 일어나지 않는다.

등거리만 입은 아이들은
서로 다투어 나무를 안아 들인다.

하나씩 둘씩 돌아가는 가마귀는 어데로 가는지 알 수가 없다.

五月二十七日

Geraniums 1888

사랑의 몽상(夢想)

허민

꽃들은 시들어 열매 맺으나
님들은 나뉘져 눈물만 남아
열매를 안 맺는 꽃이랄진대
사랑도 아침 들 선안개지요

바닷가 갈대가 나부껴도
안 부는 바람에 흔들릴거나
님이라 이저곳 눈물 젖어도
눈물이 자는 곳 참사랑이죠

八月七日

Trivaux Pond 1917

소낙비

윤동주

번개, 뇌성, 왁자지근 뚜다려
머-ㄴ 도회지에 낙뢰가 있어만 싶다.

벼루짱 엎어논 하늘로
살 같은 비가 살처럼 쏟아진다.

손바닥만한 나의 정원이
마음같이 흐린 호수되기 일쑤다.

바람이 팽이처럼 돈다.
나무가 머리를 이루 잡지 못한다.

내 경건(敬虔)한 마음을 모셔드려
노아 때 하늘을 한모금 마시다.

Couch on The Porch Cos Cob 1914

오늘

장정심

오늘은 십년보다 얼마나 더 귀한고
어제도 이별되고 내일도 모를 일이
그러나 오늘 하루만은 마음 놓고 살려오

View of Notre Dame 1902

여름밤

노자영

울타리에 매달린 호박꽃 등롱(燈籠) 속
거기는 밤에 춤추는 반디불 향연(饗宴)!
숲속의 미풍조차 은방울 흔들 듯
숨소리 곱다.

별! 앵록초같이 파란 결이
칠흑빛 하늘 위를 호올로 거니나니
은하수 흰 물가는 별들의 밀회장이리!

Poppies Isles of Shoals 1890

내 훗진 노래

김영랑

그대 내 훗진 노래를 들으실까
꽃은 가득 피고 벌떼 잉잉거리고

그대 내 그늘 없는 소리를 들으실까
안개 자욱이 푸른 골을 다 덮었네

그대 내 홍 안 이는 노래를 들으실까
봄 물결은 왜 이는지 출렁거리네

내 소리는 꿰벗어 봄철이 실타리
호젓한 소리 가다가는 씁쓸한 소리

어슨 달밤 빨간 동백꽃 쥐어따서
마음씨냥 꽁꽁 주물러 버리네

Basket with Oranges 1913

고추밭

윤동주

시들은 잎새 속에서
고 빠알간 살을 드러내 놓고,
고추는 방년(芳年)된 아가씬 양
땍볕에 자꾸 익어 간다.

할머니는 바구니를 들고
밭머리에서 어정거리고
손가락 너어는 아이는
할머니 뒤만 따른다.

五月二十四日

The Bridge at Grez(recto) 1904

오후의 구장(球場)

윤동주

늦은 봄 기다리던 토요일날
오후 세시 반의 경성행 열차는
석탄 연기를 자욱이 풍기고
소리치고 지나가고

한 몸을 끌기에 강하던
공이 자력을 잃고
한 모금의 물이
불붙는 목을 축이기에
넉넉하다.
젊은 가슴의 피 순환이 잦고,
두 철각(鐵脚)이 늘어진다.

검은 기차 연기와 함께
푸른 산이
아지랑이 저쪽으로
가라앉는다.

Seated Woman, Back Turned to the Open Window 1922

바다 2

정지용

한 백년 진흙 속에
숨었다 나온 듯이,

게처럼 옆으로
기여가 보노니,

머언 푸른 하늘 알로
가이 없는 모래 밭.

Oregon Landscape 1908

가늘한 내음

김영랑

내 가슴 속에 가늘한 내음
애끈히 떠도는 내음
저녁 해 고요히 지는 때
먼 산(山)허리에 슬리는 보랏빛

오! 그 수심 뜬 보랏빛
내가 잃은 마음의 그림자
한 이틀 정열에 뚝뚝 떨어진 모란의
깃든 향취가 이 가슴 놓고 갔을 줄이야

얼결에 여윈 봄 흐르는 마음
헛되이 찾으려 허덕이는 날
뻘 위에 철석 갯물이 놓이듯
얼컥 이는 훗근한 내음

아 ! 훗근한 내음 내키다 마는
서어한 가슴에 그늘이 도나니
수심 뜨고 애끈하고 고요하기
산허리에 슬리는 저녁 보랏빛

八月十一日

Dance(II) 1910

화경(火鏡)

권환

별들은 푸른 눈을 번쩍 떴다
심장을 쿡쿡 찌를 듯
새까만 하늘을 이쪽저쪽 베는
흰 칼날에 깜짝 놀랜 것이다

무한한 대공(大空)에
유구한 춤을 추는
달고 단 꿈을 깬 것이다

별들은 낭만주의를 포기 안 할 수 없었다

July Night 1898

그의 반

정지용

내 무엇이라 이름하리 그를?
나의 영혼 안의 고운 불,
공손한 이마에 비추는 달,
나의 눈보다 값진 이,
바다에서 솟아 올라 나래 떠는 금성(金星),
쪽빛 하늘에 흰 꽃을 달은 고산 식물(高山植物),
나의 가지에 머물지 않고,
나의 나라에서도 멀다.
홀로 어여삐 스사로 한가로워—항상 머언 이,
나는 사랑을 모르노라, 오로지 수그릴 뿐.
때없이 가슴에 두 손이 여미어지며
굽이굽이 돌아 나간 시름의 황혼(黃昏) 길 위—
나—바다 이편에 남긴
그의 반임을 고이 지니고 걷노라.

八月十二日

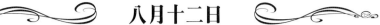

Nude in a Wood 1906

어느 날

변영로

어느 찌는 듯 더웁던 날 그대와 나 함께
손목 맞잡고 책이나 한 장 읽을까
수림 속 깊이 찾아 들어갔더니

틈 잘타는 햇발 나뭇잎을 새이어
앉을 곳을 쪽발벌레 등같이
아룽아룽 흔들리는 무늬 놓아

그대의 마음 내마음 함께 아룽거려
열없어 보려던 책 보지도 못하고
뱀몸 같은 나무에 기대 있었지.

五月二十一日

The Water Garden 1909

오월한(五月恨)

김영랑

모란이 피는 오월달
월계도 피는 오월달
온갖 재앙이 다 벌어졌어도
내 품에 남는 다순 김 있어
마음실 튀기는 오월이러라

무슨 대견한 옛날였으랴
그래서 못 잊는 오월이랴
청산을 거닐면 하루 한 치씩
뻗어 오르는 풀숲 사이를
보람만 달리든 오월이러라

아모리 두견이 애닯어해도
황금 꾀꼬리 아양을 펴도
싫고 좋고 그렇기보다는
풍기는 내음에 지늘껴것만
어느새 다 해—진 오월이러라.

八月十三日

The Dream 1940

서늘하게 누워서 벽을 밟고 낮잠을 잘까

마쓰오 바쇼

The Sonata 1911

피아노

장정심

높은 소리 낮은 소리
올랐다 나렸다 또 가만히
생명곡에 맞춰 주어서
쾌락하고 숭고한 음악이었소

가느단 소리 우렁찬 소리
이 강산을 떠들썩하니
웃음을 띄운 인생곡이 나와
멀리 더 멀리 보내주었소

백어 같은 그대의 흰 손에
은어 금어가 꼬리를 치는 듯
내 귀에 들려 웃겼다 울렸다
이대로 음악 속에 살고 싶으오

황혼도 기웃이 들여다보며
그대의 얼굴에 웃음 띄우니
우정 자연 모든 정든 벗
나를 위하여 놀아주었소

八月十四日

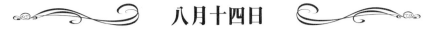

Arcueil 1899

해바라기 얼굴

윤동주

누나의 얼굴은
— 해바라기 얼굴
해가 금방 뜨자
— 일터에 간다.

해바라기 얼굴은
— 누나의 얼굴
얼굴이 숙어들어
— 집으로 온다.

Poppies Isles of Shoals 1891

향내 없다고

김영랑

향내 없다고 버리실라면
내 목숨 꺾지나 말으시오
외로운 들꽃은 들가에 시들어
철없는 그이의 발끝에 좋을걸

The Bay of Tangier 1912

소나기

윤곤강

바람은 희한한 재주를 가졌다

말처럼 네 굽을 놓아
검정 구름을 몰고와서
숲과 언덕과 길과 지붕을 덮씌우면
금방 빗방울이 뚝 뚝……
소내기 댓줄기로 퍼부어

하늘 칼질한 듯 갈라지고
번개 번쩍! 천둥 우르르르……
얄푸른 번개불 속에
실개울이 뱅어처럼 빛난다

사람은 얼이 빠져 말이 없고
그림자란 그림자 죄다아 스러진다

五月十八日

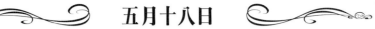

New England Headlands 1899

『호박꽃 초롱』 서시

백석

한울은
울파주가에 우는 병아리를 사랑한다.
우물돌 아래 우는 돌우래를 사랑한다.
그리고 또
버드나무 밑 당나귀 소리를 임내내는 시인을 사랑한다.

한울은
풀 그늘 밑에 삿갓 쓰고 사는 버슷을 사랑한다.
모래 속에 문 잠그고 사는 조개를 사랑한다.
그리고 또
두틈한 초가지붕 밑에 호박꽃 초롱 혀고 사는 시인을 사랑한다.

한울은
공중에 떠도는 흰 구름을 사랑한다.
골짜구니로 숨어 흐르는 개울물을 사랑한다.
그리고 또
아늑하고 고요한 시골 거리에서 쟁글쟁글 햇볕만 바래는 시인을 사랑한다.

한울은
이러한 시인이 우리들 속에 있는 것을 더욱 사랑하는데
이러한 시인이 누구인 것을 세상은 몰라도 좋으나
그러나
그 이름이 강소천인 것을 송아지와 꿀벌은 알을 것이다.

八月十六日

The Blue Window 1913

바다로 가자

김영랑

바다로 가자 큰 바다로 가자
우리 인제 큰 하늘과 넓은 바다를 마음대로 가졌노라
하늘이 바다요 바다가 하늘이라
바다 하늘 모두 다 가졌노라
옳다 그리하여 가슴이 뻐근치야
우리 모두 다 가자구나 큰 바다로 가자구나

우리는 바다 없이 살았지야 숨 막히고 살았지야
그리하여 쪼여들고 울고불고 하였지야
바다 없는 항구 속에 사로잡힌 몸은
살이 터져나고 뼈 퉁겨나고 넋이 흩어지고
하마터면 아주 거꾸러져 버릴 것을
오! 바다가 터지도다 큰 바다가 터지도다

쪽배 타면 제주야 가고오고
독목선(獨木船) 왜섬이사 갔다왔지
허나 그게 바달러냐
건너 뛰는 실개천이라
우리 3년 걸려도 큰 배를 짓잤구나
큰 바다 넓은 하늘을 우리는 가졌노라

우리 큰 배 타고 떠나가자구나
창랑을 헤치고 태풍을 걷어차고
하늘과 맞닿은 저 수평선 뚫으리라
큰 호통하고 떠나가자구나
바다 없는 항구에 사로잡힌 마음들아
툭 털고 일어서자 바다가 네 집이라

우리들 사슬 벗은 넋이로다 풀어놓인 겨레로다
가슴엔 잔뜩 별을 안으렴아
손에 잡히는 엄마별 아기별
머리 위엔 그득 보배를 이고 오렴
발 아래 좍 깔린 산호요 진주라
바다로 가자 우리 큰 바다로 가자

五月十七日

The Artist's Wife in a Garden Villiers Le Bel 1889

장미

노자영

장미가 곱다고
꺾어 보니까
꽃 포기마다
가시입니다.

사랑이 좋다고
따라가 보니까
그 사랑 속에는
눈물이 있어요.

그러나 사람은
모든 사람은
가시의 장미를 꺾지 못해서
그 눈물의 사랑을 얻지 못해서
섧다고 섧다고 부르는군요.

八月十七日

Woman Holding Umbrella 1919

조개껍질

윤동주

아롱아롱 조개껍데기
울 언니 바닷가에서
주어온 조개껍데기

여긴여긴 북쪽나라요
조개는 귀여운 선물
장난감 조개껍데기

데굴데굴 굴리며 놀다
짝 잃은 조개껍데기
한짝을 그리워하네

아롱아롱 조개껍데기
나처럼 그리워하네
물소리 바닷물소리.

五月十六日

Bailey's Beach, Newport, R.I. 1901

풍경(風景)

윤동주

봄바람을 등진 초록빛 바다
쏟아질 듯 쏟아질 듯 위태롭다.

잔주름 치마폭의 두둥실거리는 물결은,
오스라질 듯 한끝 경쾌롭다.

마스트 끝에 붉은 기ㅅ발이
여인의 머리칼처럼 나부낀다.

이 생생한 풍경을 앞세우며 뒤세우며
외-ㄴ 하루 거닐고 싶다.

-우중충한 오월 하늘 아래로,
-바닷빛 포기 포기에 수놓은 언덕으로.

Olive Trees 1898

비ㅅ뒤

윤동주

「어 — 얼마나 반가운 비냐」
할아바지의 즐거움.

가믈들엇든 곡식 자라는 소리
할아바지 담바 빠는 소리와 같다.

비ㅅ뒤의 해ㅅ살은
풀닢에 아름답기도 하다.

五月十五日

Summer Evening Paris 1889

그대가 누구를 사랑한다 할 때

김상용

그대가 누구를 사랑한다 할 때
그대는 결국 그대를 사랑하는 겔세.
그대 넉의 그림자가 그리워
알들이 알들이 따라가는 겔세.

그대 넉이 허매지를 안켔는가
허매다 그 사람을 찾앗다 하네
그 사람은 그대의 거울일세.
그대 넉을 비최는 분명한 거울일세.

그대는 그대 그림자를 보고
그 그림자를 거울만 넉여 사랑하네.
그래 그 거울을 사랑한다 하네.
그 사람을 사랑한다 맹서하게 되네.
그러나 그대 그림자 없스면
그대는 도라서 가네.

그대가 그 사람을 부족타하고 가지 안는가.
그대 넉 못빗최는 구석이 잇는 까닭일세.
지금 그대 넉은 또 길을 떠나네.
누군지 모를 그 사람을
또 찾아 허매러 가네.

그대 넉 온통을 비췰 거울이 어듸 잇나
그대 찾는 정말 그 사람이 어듸 잇나
찾다가 울고 울다가 또 찾아보고
그리다가 찾든 그대 넉 좃차
어딘지 모를 곳 가바릴게 아닌가.

Open Door, Brittany 1896

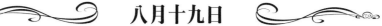

아지랑이

윤곤강

머언 들에서
부르는 소리
들리는 듯

못 견디게 고운 아지랑이 속으로
달려도
달려가도
소리의 임자는 없고,

또다시
나를 부르는 소리,
머얼리서
더 머얼리서,
들릴 듯 들리는 듯…….

Gathering Flowers in a French Garden 1888

장미 병들어

윤동주

장미 병들어
옮겨 놓을 이웃이 없도다.

달랑달랑 외로이
황마차 태워 산에 보낼거나

뚜—— 구슬피
화륜선 태워 대양에 보낼거나

프로펠러 소리 요란히
비행기 태워 성층권에 보낼거나

이것 저것
다 그만두고

자라가는 아들이 꿈을 깨기 전,
이내 가슴에 묻어다오!

The Little Gate of the Old Mill 1898

봉선화

이장희

아무것도 없던 우리집 뜰에
언제 누가 심었는지 봉선화가 피었네.
밝은 봉선화는
이 어두컴컴한 집의 정다운 등불이다.

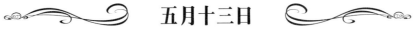

Portrait of Ethel Moore 1892

허리띠 매는 시악시

김영랑

허리띠 매는 시악시 마음실같이
꽃가지에 은은한 그늘이 지면
흰날의 내 가슴 아지랭이 낀다
흰날의 내 가슴 아지랭이 낀다

八月二十一日

Montalban, Landscape 1918

들에서

이장희

먼 숲 위를 밟으며
빗발은 지나갔도다

고운 햇빛은 내리부어
풀잎에 물방울 사랑스럽고
종달새 구슬을 굴리듯 노래 불러라

들과 하늘은 서로 비추어
푸른 빛이 바다를 이루었나니
이 속에 숨쉬는 모든 것의 기쁨이여

홀로 밭길을 거니매
맘은 개구리같이 젖어 버리다

五月十二日

Old House, East Hampton 1917

남으로 창을 내겠오

김상용

남으로 창을 내겠오.
밭이 한참갈이
괭이로 파고
호미론 풀을 매지요.

구름이 꼬인다 갈 리 있오
새 노래는 공으로 드르랴오
강냉이가 익걸랑
함께 와 자셔도 좋소.

왜 사냐건
웃지오.

Woman Before a Fish Bowl 1922

수박의 노래

윤곤강

나는 밭고랑에 누운 한 개 수박이라오

아이들이 차다 버린 듯 뽈처럼
멋없이 뚱그런 내 모습이기에
푸른 잎 그늘에 반듯이 누워
끓는 해와 흰 구름 우러러 산다오

이렇게 잔잔히 누워 있어도
마음은 선지피처럼 붉게 타
돌보는 이 없는 설움을 안고
아침이나 낮이나 저녁이나 슬프기만 하다오

여보! 제발 좀 나를 안아 주세요
웃는 얼굴 따스한 가슴으로
아니, 아니, 보드라운 두 손길로
이 몸을 고이고이 쓰다듬어 주세요

나는 밭고랑에 누운 한 개 수박이라오

五月十一日

A Fisherman's Cottage 1895

꽃모중

권태응

비가 촉촉 오네요.
꽃모중들 합시다.

삭갓 쓰고 아기들
집집마다 다녀요.

장독 옆에 뜰 앞에
알록달록 각색 꽃

곱게 곱게 피면은
온 집 안이 환해요.

The Pink Studio 1911

빗자루

윤동주

요오리 조리 베면 저고리 되고
이이렇게 베면 큰 총 되지.
— 누나하고 나하고
— 가위로 종이 쏠았더니
— 어머니가 빗자루 들고
— 누나 하나 나 하나
— 엉덩이를 때렸소
— 방바닥이 어지럽다고
— 아아니 아니
— 고놈의 빗자루가
— 방바닥 쓸기 싫으니
— 그랬지 그랬어
괘씸하여 벽장 속에 감췄드니
이튿날 아침 빗자루가 없다고
어머니가 야단이지요.

Apple Trees in Bloom, Old Lyme 1904

꽃나무

이상

벌판한복판에꽃나무하나가있소. 근처에는꽃나무가하나도 없소. 꽃나무는제가생각하는꽃나무를열심으로생각하는것 처럼열심으로꽃을피워가지고섰소. 꽃나무는제가생각하는 꽃나무에게갈수없소. 나는막달아났소. 한꽃나무를위하여 그러는것처럼나는참그런이상스러운흉내를내었소.

Notre Dame 1904

저녁노을

윤곤강

하늬바람 속에
수수잎이 서걱인다
목화밭을 지나
왕대숲을 지나
언덕 우에 서면

머언 메 위에
비늘구름 일고
새소리도 스러지고
짐승의 자취도 그친 들에
노을이 호올로 선다

Listening to The Orchard Oriole 1902

다정히도 불어오는 바람

김영랑

다정히도 불어오는 바람이길래
내 숨결 가볍게 실어 보냈지
하늘가를 스치고 휘도는 바람
어이면 한숨을 몰아다 주오

八月二十五日

The Stream near Nice 1919

산들바람,
벼가 푸릇푸릇 자란 논,
그 위에 구름 그림자.

모리카와 교리쿠

五月八日

Thaxter's Garden 1892

꽃잎 하나가 떨어지네
어, 다시 올라가네
나비였네

아라키다 모리다케

八月二十六日

Boats on the Beach, Etretat 1920

바다에서

윤곤강

해 서쪽으로 기울면
일곱 가지 빛깔로 비늘진 구름이
혼란한 저녁을 꾸미고
밤이 밀물처럼 몰려들면
무딘 내 가슴의 벽에
철썩! 부딪쳐 깨어지는 물결…
짙어오는 안개 바다를 덮으면
으레 붉은 혓바닥을 저어 등대는
자꾸 날 오라고 오라고 부른다
이슬 밤을 타고 내리는 바위 기슭에
시름은 갈매기처럼 우짖어도
나의 곁엔 한 송이 꽃도 없어…

五月七日

In The Sun 1888

뉘 눈결에 쏘이었소

김영랑

뉘 눈결에 쏘이었소
온통 수줍어진 저 하늘빛
담 안에 복숭아꽃이 붉고
밖에 봄은 벌써 재앙스럽소

꾀꼬리 단두리 단두리로다
빈 골짝도 부끄러워
혼란스런 노래로 흰구름 피어올리나
그 속에 든 꿈이 더 재앙스럽소

Interior with a Bowl with Red Fish 1914

나의 밤

윤곤강

가라앉은 밤의 숨결 그 속에서
나는 연방 수없는 밤을 끌어올린다
문을 지치면 바깥을 지나는
바람의 긴 발자취…

달이 창으로 푸르게 배어들면
대낮처럼 밝은 밤이 켜진다
달빛을 쏘이며 나는 사과를 먹는다
연한 생선의 냄새가 난다…

밤의 층층다리를 수없이 기어 올라가면
밟고 지난 층층다리는 뒤로 무너져 넘어간다
발자국을 죽이면 다시 만나는 시름의 불길
— 나의 슬픔은 박쥐마냥 검은 천정에 떠돈다

五月六日

Broadway and 42nd Street 1902

달빛이 슬쩍
휘파람새가 슬쩍
날이 밝도다

고바야시 잇사

Woman at The Fountain 1917

파초에 태풍 불고
대야의 빗방울 소리 듣는 밤이로구나

마쓰오 바쇼

五月五日

Moonlight on The Sound 1906

빛깔 환히

김영랑

빛깔 환히
동창에 떠오름을 기둘리신가
아흐레 어린 달이
부름도 없이 홀로 났네

월출동령(月出東嶺)
팔도 사람 다 맞이하소
기척 없이 따르는 마음
그대나 홀히 싸안아 주오

Open Window at Collioure 1910

물 보면 흐르고

김영랑

물 보면 흐르고
별 보면 또렷한
마음이 어이면 늙으뇨

흰날에 한숨만
끝없이 떠돌던
시절이 가엾고 멀어라

안스런 눈물에 안껴
흩은 잎 쌓인 곳에 빗방울 드듯
느낌은 후줄근히 흘러들어가건만

그 밤을 홀히 앉으면
무심코 야윈 볼도 만져 보느니
시들고 못 피인 꽃 어서 떨어지거라

五月四日

Mill Site and Old Todal Dam, Cos Cob 1902

언덕에 바로 누워

김영랑

언덕에 바로 누워
아슬한 푸른 하늘 뜻없이 바래다가
나는 잊었습네 눈물 도는 노래를
그 하늘 아슬하여 너무도 아슬하여

이 몸이 서러운 줄 언덕이야 아시련만
마음의 가는 웃음 한때라도 없더라냐
아슬한 하늘 아래 귀여운 맘 질기운 맘
내 눈은 감이였데 감기였데.

Nasturtiums with "The Dance (II)" 1912

여름밤 공원에서

이장희

풀은 자라
머리털같이 자라 향기롭고,
나뭇잎에, 나뭇잎에
등불은 기름같이 흘러 있소.

분수(噴水)는 이끼 돋은
돌 위에 빛납니다.
저기, 푸른 안개 너머로
벤취에 쓰러진 사람은 누구입니까.

五月三日

Lillie (Lillie Langtry) 1898

손수건

장정심

차두의 작별하든 아차한 눈매
울일 듯 울 듯 참아 못 보다
기적소리에 다시 고개 들어
마지막 눈매를 보려 하였소

그제는 당신이 고개를 숙이고
떨리는 당신의 가슴인 듯이
바람에 손수건이 휘날리여
내 마음 울리기를 시작하였소

일분 일각에 마조친 시선
할 말을 못하며 난위든 그날
잡으려 해도 잡을 수 없었고
머믈려 했어도 머믈을 수 없었소

시간을 다토아 달아나든차
사정을 어찌다 생각했으리까
멀어지던 당신의 손수건만
아직도 희미하게 보이는 듯하오

八月三十一日

Portrait of Woman 1919

어디로

박용철

내 마음은 어디로 가야 옳으리까
쉬임 없이 궂은비는 나려오고
지나간 날 괴로움의 쓰린 기억
내게 어둔 구름되여 덮히는데.

바라지 않으리라든 새론 희망
생각지 않으리라든 그대 생각
번개같이 어둠을 깨친다마는
그대는 닿을 길 없이 높은 데 계시오니

아— 내 마음은 어디로 가야 옳으리까.

五月二日

Easter Morning (Portrait at a New York Window) 1921

모란이 피기까지는

김영랑

모란이 피기까지는
나는 아직 나의 봄을 기다리고 있을테요
모란이 뚝뚝 떨어져버린 날
나는 비로소 봄을 여읜 설움에 잠길테요
5월 어느 날, 그 하루 무덥던 날
떨어져 누운 꽃잎마저 시들어 버리고는
천지에 모란은 자취도 없어지고
뻗쳐 오르던 내 보람 서운케 무너졌느니
모란이 지고 말면 그뿐, 내 한 해는 다가고 말아
삼백 예순 날 하냥 섭섭해 우옵네다
모란이 피기까지는
나는 아직 기다리고 있을테요,
찬란한 슬픔의 봄을.

九月.

오늘도 가을바람은 그냥 붑니다

구월 구일에
아! 약이라 먹는 노란 국화꽃이
집 안에 피니 초가집이 고요하구나.

- 고려가요 '동동' 중 九月

화가 **카미유 피사로**

Camille Pissarro, 1830~1903. 서인도제도의 세인트토머스 섬 출생. 1855년 화가를 지망하여 파리로 나왔으며, 같은 해 만국박람회의 미술전에서 코로의 작품에 감명받아 그로부터 풍경화에 전념하였고, 수수하고 담담한 전원의 모습을 주로 작품에 담았다. 피사로는 폴 세잔과 폴 고갱에게 큰 영향을 미쳤는데, 이 두 화가는 활동 말기에 피사로가 그들의 '스승'이었다고 고백했다. 한편, 피사로는 조르주 쇠라와 폴 시냐크의 점묘법 같은 다른 화가들의 아이디어에서 영감을 얻기도 했다. 1874년에 시작된 인상파그룹전(展)에 참가한 이래 매회 계속하여 출품함으로써 인상파의 최연장자가 되었다. 말년에 피사로는 인상주의 화가들이 명성을 얻게 되는 것을 목격했고, 후기 인상주의 화가들은 피사로를 존경했으며, 피사로는 인상주의 화가들 사이에서 중요한 인물이 되었다. 주요 작품으로는 〈붉은 지붕〉〈사과를 줍는 여인들〉〈몽마르트르의 거리〉〈테아트르 프랑세즈광장〉〈브뤼헤이 다리〉〈자화상〉 등이 있다.

시인

윤동주 백석 정지용 김소월 김영랑 이장희 박용철 이병각 강경애 고석규 장정심 김명순 허민 라이너 마리아 릴케 프랑시스 잠 이즈미 시키부 오시마 료타 다카라이 기카쿠

Marechal Niel Roses 1919

장미

이병각

오복소복 장미꽃은 털보다도 반즈럽다. 소년(少年)은 까시가 무서워서 꺽질못하고 꽃송이를 만자거리다가 꽃송이를 따서 입에 너허보았다. 싸근하고 달사한 맛이 조으름을 불럿다. 장미까시는 망아지가 자라거던 발톱에 꼬저 줄 다갈인가보다. 따끔하고 씨라리기에 손구락 끝을 흙에 문즈르고나니 쌧카만 피가 송송 치미럿다. 입에 넛코 호— 호— 불엇으나 어머니 생각만 간절하고 아프기는 맛찬가지엿다. 하늘만 동그랫다.

九月一日

Route de Versailles, Rocquencourt 1871

소년

윤동주

여기저기서 단풍잎 같은 슬픈 가을이 뚝뚝 떨어진다. 단풍잎 떨어져 나온 자리마다 봄을 마련해 놓고 나뭇가지 위에 하늘이 펼쳐 있다. 가만히 하늘을 들여다보려면 눈썹에 파란 물감이 든다. 두 손으로 따뜻한 볼을 쓸어보면 손바닥에도 파란 물감이 묻어난다. 다시 손바닥을 들여다본다. 손금에는 맑은 강물이 흐르고, 맑은 강물이 흐르고, 강물 속에는 사랑처럼 슬픈 얼굴—아름다운 순이의 얼굴이 어린다. 소년은 황홀히 눈을 감아 본다. 그래도 맑은 강물은 흘러 사랑처럼 슬픈 얼굴—아름다운 순이의 얼굴은 어린다.

五月.

다정히도 불어오는 바람

오월 오일에
아! 수릿날 아침 약은
천 년을 길이 사실 약이라고 받치옵니다.

- 고려가요 '동동' 중 五月

화가 **차일드 하삼**

Frederick Childe Hassam, 1859~1935. 미국의 인상주의 화가. 미국의 도시와 해안을 주로 그렸다. 3,000점이 넘는 그림, 유화, 수채화, 에칭, 석판화 등을 제작했으며 20세기 초 미국에서 가장 영향력 있는 예술가 중 한 명이었다. 그의 첫 작품 〈보스턴 커먼의 황혼(Boston Common at Twilight)〉(1885)에 대한 미국의 미술평론가들의 반응은 냉담했으나 그는 크게 성공했고, 파리에서 생활하며 프랑스 예술가들과 교류하였다. 파리뿐만 아니라 유럽 여러 나라, 칠레 등을 여행하며 작품의 영감을 얻었다. 후기 작품 중에 가장 독특하고 유명한 작품으로는 '깃발 시리즈(Flag Series)'로 알려진 30여 점의 그림이 있다. 1916년 뉴욕 5번가에서 열린 미국의 세계1차대전 참전 퍼레이드에서 영감을 얻어 연작을 만들었다. 그중 〈빗속의 거리〉는, 2009년 재선에 성공한 오바마 미국 대통령이 자신의 집무실을 재정비하면서 걸어놓아 화제가 되었다. 1919년 하삼은 뉴욕의 이스트햄튼에 살았고, 1920년대부터 에드워드 호퍼나 로버트 헨리 같은 사실주의파에 합류하기도 했다.

1960년대 미국에서 인상주의 화풍이 부활하기 전까지, 하삼은 '비운의 버려진 천재'로 남았으나, 1970년대에 프랑스의 인상주의 작품들이 천문학적인 가격으로 거래되자, 하삼과 미국의 인상주의학파들은 다시 인기를 얻었다.

시인

윤동주 백석 정지용 김영랑 이병각 이상 허민 권태응 김상용 노자영 장정심 이장희 김명순 고바야시 잇사 타데나 산토카 아라키다 모리다케

九月二日

A Corner of the Garden at the Hermitage, Pontoise 1877

코스모스

윤동주

청초(淸楚)한 코스모스는
오직 하나인 나의 아가씨,

달빛이 싸늘히 추운 밤이면
옛 소녀(少女)가 못 견디게 그리워
코스모스 핀 정원(庭園)으로 찾아간다.

코스모스는
귀또리 울음에도 수줍어지고,

코스모스 앞에선 나는
어렸을 적처럼 부끄러워지나니,

내 마음은 코스모스의 마음이오
코스모스의 마음은 내 마음이다.

Likeness in The Bower 1930

저녁

이장희

버들가지에 내 끼이고,
물 위에 나르는 제비는
어느덧 그림자를 감추었다.

그윽히 빛나는 냇물은
가는 풀을 흔들며 흐르고 있다.
무엇인지 모르는 말 중얼거리며 흐르고 있다.

누군지 다리 위에 망연히 섰다.
검은 그 양자 그리웁고나.
그도 나같이 이 저녁을 쓸쓸히 지내는가.

九月三日

Sunset at Eragny 1890

가을날

라이너 마리아 릴케

주여, 때가 왔습니다. 여름은 참으로 위대했습니다.
당신의 그림자를 태양 시계 위에 던져 주시고,
들판에 바람을 풀어놓아 주소서.

마지막 열매들이 탐스럽게 무르익도록 명해 주시고,
그들에게 이틀만 더 남국의 나날을 베풀어 주소서,
열매들이 무르익도록 재촉해 주시고,
무거운 포도송이에 마지막 감미로움이 깃들이게 해주소서.

지금 집 없는 사람은, 이제 집을 지을 수 없습니다.
지금 홀로 있는 사람은 오래오래 그러할 것입니다.
깨어서, 책을 읽고, 길고 긴 편지를 쓰고,
나뭇잎이 굴러갈 때면, 불안스레
가로수길을 이리저리 소요할 것입니다.

Villa R 1919

달밤

윤곤강

담을 끼고 돌아가면
하늘엔 하이얀 달

그림자 같은 초가 들창엔
감빛 등불이 켜지고

밤안개 속 버드나무 수풀
멀리 빛나는 둠벙

어디선지 염소 우는 소리
또, 물 흘러가는 소리…

달빛은 나의 두 어깨 위에
물처럼 여울이 흘렀다

The Bather 1895

그 여자(女子)

윤동주

함께 핀 꽃에 처음 익은 능금은
먼저 떨어졌습니다.

오늘도 가을바람은 그냥 붑니다.

길가에 떨어진 붉은 능금은
지나는 손님이 집어 갔습니다.

Wi in a Memory 1938

새 봄

조명희

별발이 따스거늘
양지(陽地)쪽 마루 끝에
나어린 처녀(處女) 세음으로
두 다리 쭉 뻗고 걸터앉아
생각에 끄을리어 조을던 마음이
얄궂게도 쪼이는 볕발에 갑자기 놀라
행여나 봄인가 하고
반가운 듯 두려운 듯.

그럴 때에 좋을세라고
낙숫물 소리는 새 봄에 장단 같고,
녹다 남은 지붕 마루터기 눈이
땅의 마음을 녹여 내리는 듯,
다정(多情)도 하이 저 하늘빛이여
다시금 웃는 듯 어리운 듯,
"아아, 과연 봄이로구나!" 생각하올 제
이 가슴은 봄을 안고 갈 곳 몰라라.

九月五日

Two Women Chatting by the Sea, St. Thomas 1856

오늘 문득

강경애

가을이 오면은
내 고향 그리워
이 마음 단풍잎같이
빨개집니다.

오늘 문득 일어나는 생각에 이런 노래를 적어보았지요.

四月二十七日

Magdalena Before The Conversion 1938

봄 2

윤동주

우리 애기는
아래 발추에서 코올코올

고양이는
부뚜막에서 가릉가릉

애기 바람이
나뭇가지에 소올소올

아저씨 햇님이
하늘 한가운데서 째앵째앵

九月六日

Entrance to the Village of Voisins, Yvelines 1872

그네

장정심

높다란 저 나뭇가지에
굵다란 밧줄을 느려매고
서늘한 그늘 잔디 우에서
새와 같이 가벼웁게 난다

앞으로 올제 앞까지 차고
뒤로 지나갈제 뒷까지 차니
비단치마 바람에 날리는 소리
시원하고 부드럽게 휘 — 휘 —

나실 나실하는 머리카락
살랑 설렁하는 옷고름 옷자락
해슬 헤슬하는 치마폭자락
하늘 하늘하게 날센 몸을 날린다

늘었다 줄었다
머질 줄 모르고 잘도 난다
꽃들은 웃고 새들은 노래하니
추천하는 저 광경이 쾌락도하다

四月二十六日

Sparse Foliage 1934

꽃이 먼저 알아

한용운

옛집을 떠나서 다른 시골에 봄을 만났습니다.
꿈은 이따금 봄바람을 따라서 아득한 옛터에 이릅니다.
지팡이는 푸르고 푸른 풀빛에 묻혀서, 그림자와 서로
다릅니다.

길가에서 이름도 모르는 꽃을 보고서,
행여 근심을 잊을까 하고 앉아 보았습니다.
꽃송이에는 아침 이슬이 아직 마르지 아니한가 하였더니,
아아, 나의 눈물이 떨어진 줄이야 꽃이 먼저 알았습니다.

九月七日

The Pont-Neuf 1902

창(窓)

윤동주

쉬는 시간(時間)마다
나는 창(窓)녘으로 갑니다.

—창(窓)은 산 가르침.

이글이글 불을 피워주소,
이 방에 찬 것이 서럽니다.

단풍잎 하나
맴도나 보니
아마도 자그마한 선풍(旋風)이 인 게외다.

그래도 싸느란 유리창에
햇살이 쨍쨍한 무렵,
상학종(上學鐘)이 울어만 싶습니다.

四月二十五日

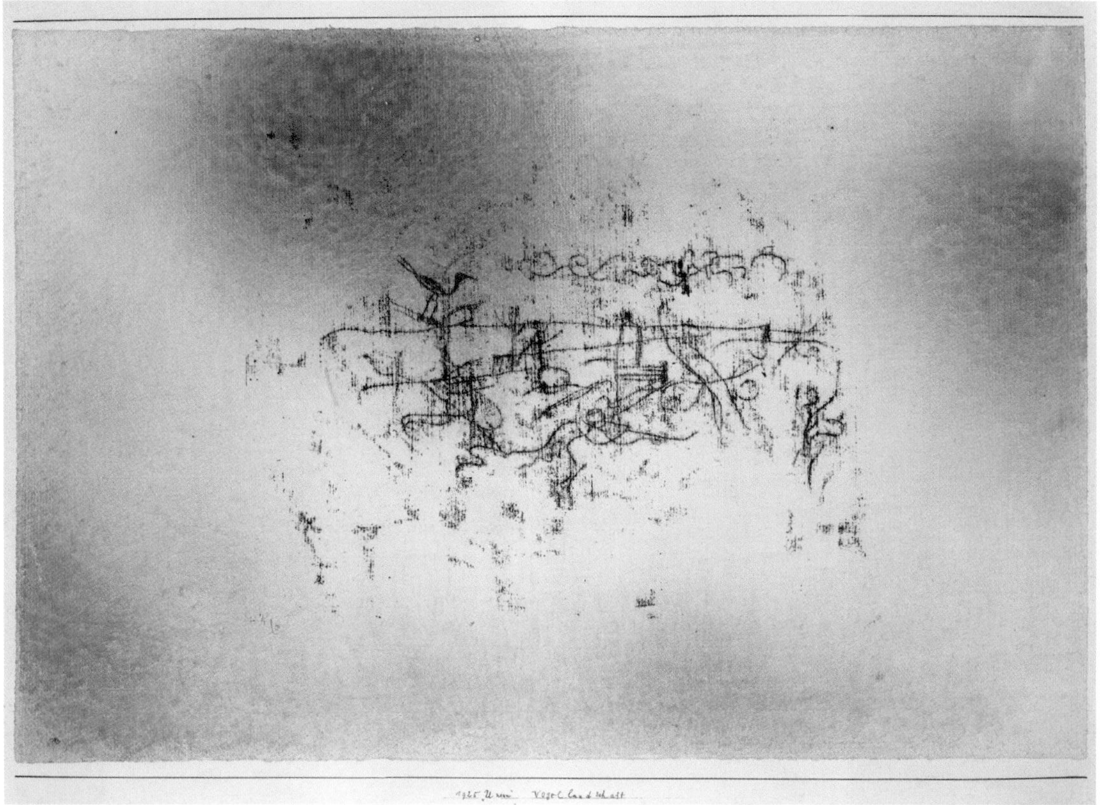

Bird Landscape 1925

두 사람의 생
그 사이에 피어난
벚꽃이어라

마쓰오 바쇼

九月八日

The Garden of the Tuileries on a Spring Morning 1899

비둘기

윤동주

안아보고 싶게 귀여운
산비둘기 일곱 마리
하늘 끝까지 보일 듯이 맑은 공일날 아침에
벼를 거두어 빤빤한 논에서
앞을 다투어 모이를 주으며
어려운 이야기를 주고 받으오.

날씬한 두 나래로 조용한 공기를 흔들어
두 마리가 나오.
집에 새끼 생각이 나는 모양이오.

Blue Bird Pumpkin 1939

도요새

오일도

물가에 노는
한 쌍 도요새.

너
어느 나라에서 날아왔니?

너의 방언(方言)을 내 알 수 없고
내 말 너 또한 모르리!

물가에 노는
한 쌍 도요새.

너 작은 나래가
푸른 향수(鄕愁)에 젖었구나.

물 마시고는
하늘을 왜 쳐다보니?

물가에 노는
한 쌍 도요새.

이 모래밭에서
물 마시고 사랑하다가

물결이 치면
포트럭 저 모래밭으로.

Sunrise on the Sea 1883

마음의 추락

박용철

천길 벼랑 끝에 사십도 넘어 기울은 몸
하는 수 없이 나는 거꾸러져 떨어진다
사랑아 너의 날개에 나를 업어 날아올라라.

막아섰던 높은 수문 갑자기 자취 없고
백척수(면) 차[百尺水(面) 差]를 내 감정은 막 쏟아진다
어느 때 네 정(情)의 수면이 나와 나란할 꺼나.

四月二十三日

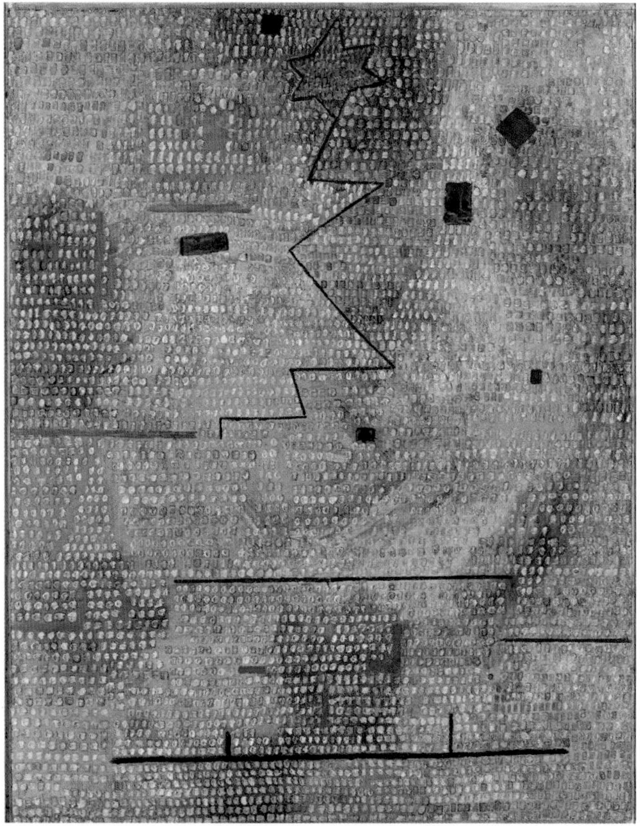
Rising Star 1923

형제(兄弟)별

방정환

날 저무는 하늘에
별이 삼형제
반짝반짝
정답게 지내더니,
웬일인지 별 하나
보이지 않고,
남은 별이 둘이서
눈물 흘린다.

九月十日

Road in a Forest 1859

언니 오시는 길에

김명순

언니 오실 때가
두벌 꽃 필 때라기에
빨간 단풍잎을 따서
지나실 길가마다 뿌렸더니
서리 찬 가을바람이 넋 잃고
이리저리 구릅디다

떠났던 마음 돌아오실 때가
물 위의 얼음 녹을 때라기에
애타는 피를 뽑아서
쌓인 눈을 녹였더니
마저 간 겨울바람이 취해서
또 눈보라를 칩디다

언니여 웃지 않으십니까
꽃 같은 마음이 꽃 같은 마음이
이리저리 구르는 대로
피 같은 열성이 오오 피 같은 열성이
이리저리 깔린 대로
이 노래의 반가움이 무거운 것을

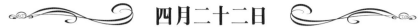

Rhythmically 1930

애기의 새벽

윤동주

우리집에는
닭도 없단다.
다만
애기가 젖 달라 울어서
새벽이 된다.

우리집에는
시계도 없단다.
다만
애기가 젖 달라 보채어
새벽이 된다.

九月十一日

Self-portrait 1890

고향

백석

나는 북관(北關)에 혼자 앓아 누워서
어늬 아츰 의원(醫員)을 뵈이었다.
의원은 여래(如來) 같은 상을 하고
관공(關公)의 수염을 드리워서
먼 넷적 어늬 나라 신선 같은데
새끼손톱 길게 돋은 손을 내어
묵묵하니 한참 맥을 짚드니
문득 물어 고향(故鄕)이 어데냐 한다
평안도 정주라는 곳이라 한즉
그러면 아무개 씨 고향이란다
그러면 아무개 씨 아느냐 한즉
의원은 빙긋이 웃음을 띠고
막역지간(莫逆之間)이라며 수염을 쓴다
나는 아버지로 섬기는 이라 한즉
의원(醫員)은 또다시 넌즈시 웃고
말없이 팔을 잡어 맥을 보는데
손길이 따스하고 부드러워
고향도 아버지도 아버지의 친구도 다 있었다

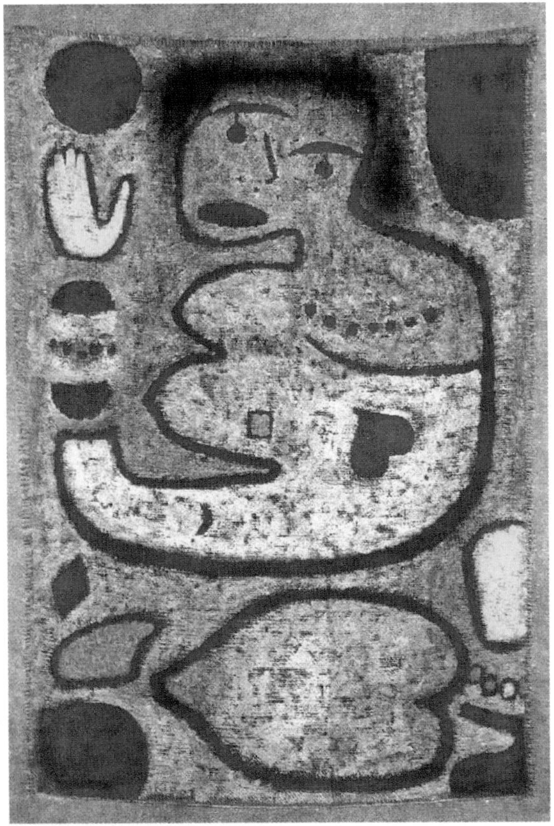

Love Song by The New Moon 1939

오줌싸개 지도

윤동주

빨랫줄에 걸어 논
요에다 그린 지도는
지난밤에 내 동생
오줌싸 그린 지도

꿈에 가본 엄마 계신
별나라 지돈가?
돈벌러간 아빠 계신
만주땅 지돈가?

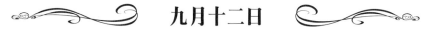

Girl with a Stick 1881

귀뚜라미와 나와

윤동주

귀뚜라미와 나와
잔디밭에서 이야기했다.

귀뜰귀뜰
귀뜰귀뜰

아무에게도 알으켜 주지 말고
우리 둘만 알자고 약속했다.

귀뜰귀뜰
귀뜰귀뜰

귀뚜라미와 나와
달 밝은 밤에 이야기했다.

四月二十日

Athlete's Head 1932

위로(慰勞)

윤동주

거미란 놈이 흉한 심보로 병원(病院) 뒤뜰 난간과 꽃밭 사이
사람 발이 잘 닿지 않는 곳에 그물을 쳐 놓았다. 옥외(屋外)
요양(療養)을 받는 젊은 사나이가 누워서 치어다보기 바르게—

나비가 한 마리 꽃밭에 날아들다 그물에 걸리었다. 노—란
날개를 파득거려도 파득거려도 나비는 자꾸 감기우기만 한다.
거미가 쏜살같이 가더니 끝없는 끝없는 실을 뽑아 나비의 온몸을
감아버린다. 사나이는 긴 한숨을 쉬었다.

나이(歲)보담 무수한 고생 끝에 때를 잃고 병(病)을 얻은 이 사나이를
위로(慰勞)할 말이— 거미줄을 헝클어버리는 것밖에 위로(慰勞)의
말이 없었다.

九月十三日

Chrysanthemums in a Chinese Vase 1873

아무 말 없네
손님도 주인도
흰 국화꽃도

오시마 료타

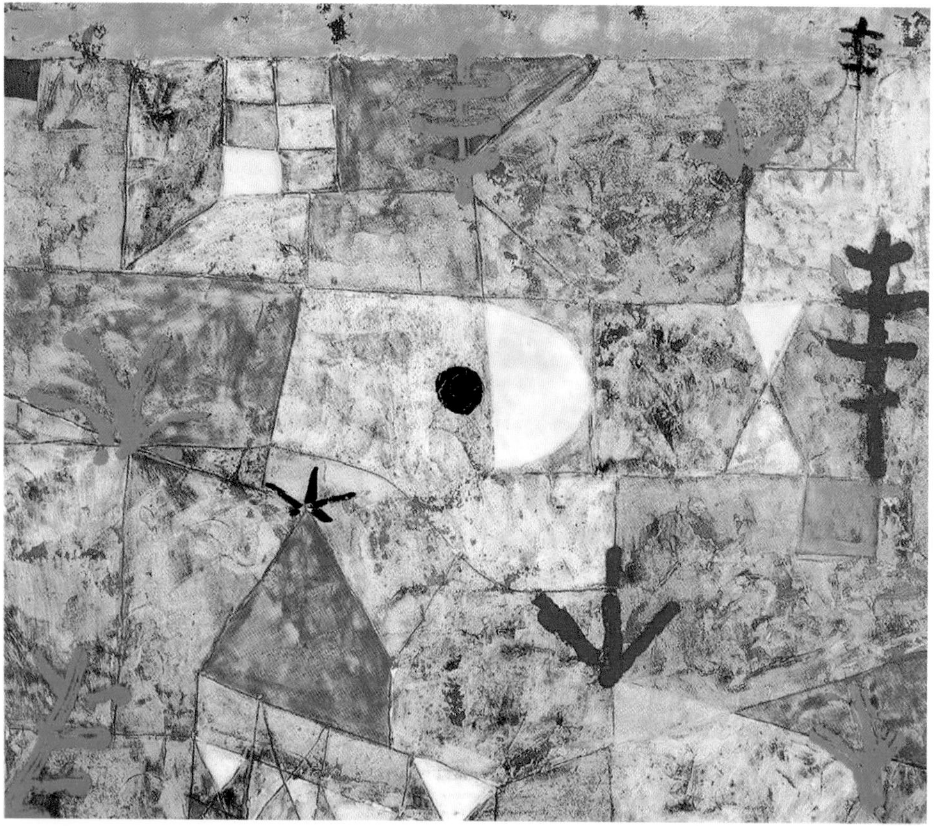

Gardens in The South 1936

해바라기씨

정지용

해바라기 씨를 심자.
담 모롱이 참새 눈 숨기고
해바라기 씨를 심자.

누나가 손으로 다지고 나면
바둑이가 앞발로 다지고
괭이가 꼬리로 다진다.

우리가 눈 감고 한밤 자고 나면
이실이 나려와 가치 자고 가고,

우리가 이웃에 간 동안에
해ㅅ빛이 입 마추고 가고,

해바라기는 첫시약시인데
사흘이 지나도 부끄러워
고개를 아니 든다.

가만히 엿보러 왔다가
소리를 깩! 지르고 간 놈이 —
오오, 사철나무 잎에 숨은
청개고리 고놈이다.

九月十四日

Hay Harvest at Eragny 1901

이것은 인간의 위대한 일들이니

프랑시스 잠

이것은 인간의 위대한 일들이니
나무병에 우유를 담는 일,
꼿꼿하고 살갗을 찌르는 밀 이삭들을 따는 일,
신선한 오리나무 옆에서 암소들을 지키는 일,
숲의 자작나무들을 베는 일,
경쾌하게 흘러가는 시내 옆에서 버들가지를 꼬는 일,
어두운 벽난로와, 옴 오른 늙은 고양이와, 잠든 티티새와,
즐겁게 노는 어린 아이들 옆에서
낡은 구두를 수선하는 일,
한밤중 귀뚜라미들이 시끄럽게 울 때
처지는 소리를 내며 베틀을 짜는 일,
빵을 만들고, 포도주를 만드는 일,
정원에 양배추와 마늘을 심는 일,
그리고 따뜻한 달걀을 거두어들이는 일.

四月十八日

Cemetery Building 1913

울적

윤동주

처음 피워본 담배맛은
아침까지 목 안에서 간질간질 타.

어젯밤에 하도 울적하기에
가만히 한 대 피워 보았더니

九月十五日

Bath Road, London 1897

먼 후일

김소월

먼 훗날 당신이 찾으시면
그때에 내 말이 잊었노라

당신이 속으로 나무라면
무척 그리다가 잊었노라

그래도 당신이 나무라면
믿기지 않아서 잊었노라

오늘도 어제도 아니 잊고
먼 훗날 그때에 잊었노라

四月十七日

Twittering Machine 1880

고양이의 꿈

이장희

시내 위에 돌다리
달 아래 버드나무
봄안개 어리인 시냇가에, 푸른 고양이
곱다랗게 단장하고 빗겨 있소, 울고 있소.
기름진 꼬리를 치들고
밝은 애달픈 노래를 부르지요.
푸른 고양이는 물오른 버드나무에 스르를 올라가
버들가지를 안고 버들가지를 흔들며
또 목놓아 웁니다, 노래를 부릅니다.

멀리서 검은 그림자가 움직이고,
칼날이 은같이 번쩍이더니,
푸른 고양이도 볼 수 없고,
꽃다운 소리도 들을 수 없고,
그저 쓸쓸한 모래 위에 선혈이 흘러 있소.

Rue Saint Honore, Afternoon, Rain Effect 1897

비오는 거리

이병각

저무는 거리에
가을 비가 나린다.

소리가 없다.

혼자 거닐며
옷을 적신다.

가로수 슬프지 않으냐
눈물을 흘린다.

四月十六日

Heisser Ort 1933

양지쪽

윤동주

저쪽으로 황토 실은 이 땅 봄바람이
호인(胡人)의 물레바퀴처럼 돌아 지나고
아롱진 사월 태양의 손길이
벽을 등진 섧은 가슴마다 올올이 만진다.

지도째기 놀음에 뉘 땅인 줄 모르는 애 둘이
한 뼘 손가락이 짧음을 한(恨)함이여

아서라! 가뜩이나 엷은 평화가
깨어질까 근심스럽다.

九月十七日

The Mill at La Roche Goyon

가을밤

윤동주

궂은 비 나리는 가을밤
벌거숭이 그대로
잠자리에서 뛰쳐나와
마루에 쭈그리고 서서
아이ㄴ 양 하고
솨—— 오줌을 쏘오.

四月十五日

Revolution of The Viaduct 1937

인쇄물 위에
문진 눌러놓은 가게
봄바람 불고

다카이 기토

九月十八日

The Marne at Chennevieres, 1864~1865

남쪽 하늘

윤동주

제비는 두 나래를 가지었다.
시산한 가을날—

어머니의 젖가슴이 그리운
서리 나리는 저녁—
어린 영(靈)은 쪽나래의 향수를 타고
남쪽 하늘에 떠돌 뿐—

Full Moon 1919

봄은 간다

김억

밤이도다
봄이도다

밤만도 애닯은데
봄만도 생각인데

날은 빠르다
봄은 간다

깊은 생각은 아득이는데
저 바람에 새가 슬피 운다

검은 내 떠돈다
종소리 빗긴다

말도 없는 밤의 설움
소리 없는 봄의 가슴

꽃은 떨어진다
님은 탄식한다.

九月十九日

Lavoir et moulin d´Osny 1884

향수(鄕愁)

정지용

넓은 벌 동쪽 끝으로
옛이야기 지줄대는 실개천이 회돌아 나가고,
얼룩백이 황소가
해설피 금빛 게으른 울음을 우는 곳,

—— 그 곳이 참하 꿈엔들 잊힐리야.

질화로에 재가 식어지면
뷔인 밭에 밤바람 소리 말을 달리고,
엷은 조름에 겨운 늙으신 아버지가
짚벼개를 돋아 고이시는 곳,

—— 그 곳이 참하 꿈엔들 잊힐리야.

흙에서 자란 내 마음
파아란 하늘 빛이 그립어
함부로 쏜 활살을 찾으려
풀섶 이슬에 함추름 휘적시든 곳,

—— 그 곳이 참하 꿈엔들 잊힐리야.

전설(傳說)바다에 춤추는 밤물결 같은
검은 귀밑머리 날리는 어린 누의와
아무러치도 않고 여쁠것도 없는
사철 발벗은 안해가
따가운 해ㅅ살을 등에 지고 이삭 줏던 곳,

—— 그 곳이 참하 꿈엔들 잊힐리야.

하늘에는 석근 별
알 수도 없는 모래성으로 발을 옮기고,
서리 까마귀 우지짖고 지나가는 초라한 집웅,
흐릿한 불빛에 돌아 앉어 도란 도란거리는 곳,

—— 그 곳이 참하 꿈엔들 잊힐리야.

Swiss Glance of a Landscape 1926

공상

윤동주

공상—
내 마음의 탑
나는 말없이 이 탑을 쌓고 있다,
명예와 허영의 천공에다,
무너질 줄도 모르고
한 층 두 층 높이 쌓는다.

무한한 나의 공상—
그것은 내 마음의 바다,
나는 두 팔을 펼쳐서,
나의 바다에서
자유로이 헤엄친다.
황금, 지욕(知慾)의 수평선을 향하여.

九月二十日

Giverny

고향집
- 만주에서 부른

윤동주

헌 짚신짝 끄을고
나 여기 왜 왔노
두만강을 건너서
쓸쓸한 이 땅에

남쪽 하늘 저 밑에
따뜻한 내 고향
내 어머니 계신 곳
그리운 고향 집

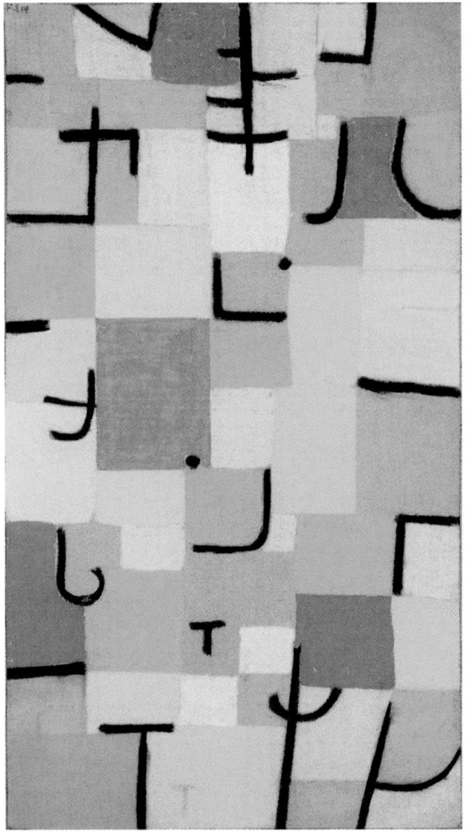

Signs in Yellow 1937

돌팔매

오일도

온종일 바닷가에 나와
걸으며 사색(思索)하며 바다를 바라보아도
내 마음 풀 길 없으매
드디어 나는 돌 한 개 집어
물 위에 핑 던졌다.

바다는 윤(輪)을 그린다.

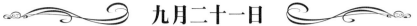

The Côte des Bœufs at L'Hermitage 1877

벌레 우는 소리

이장희

밤마다 울던 저 벌레는
오늘도 마루 밑에서 울고 있네

저녁에 빛나는 냇물같이
벌레 우는 소리는 차고도 쓸쓸하여라

밤마다 마루 밑에서 우는 벌레소리에
내 마음 한없이 이끌리나니

四月十一日

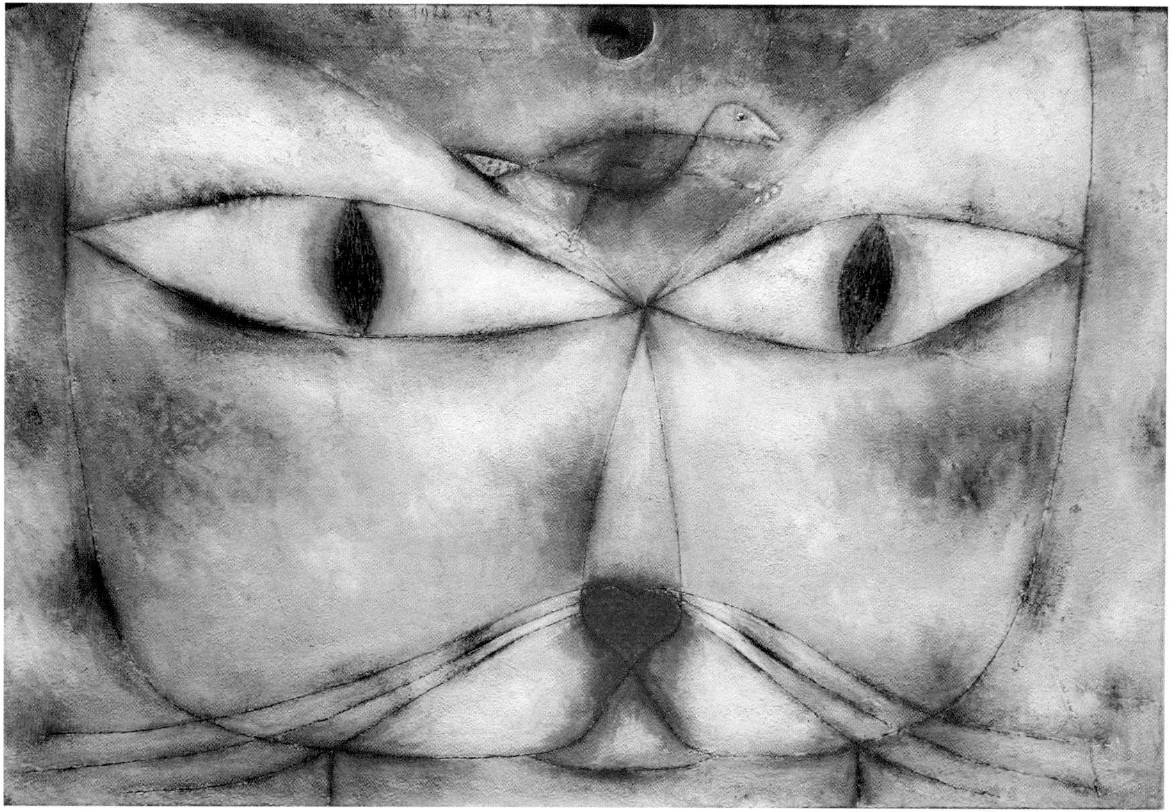
Cat and Bird 1928

소리 나지 않으면
그것으로 작별인가
고양이 사랑

가가노 지요니

九月二十二日

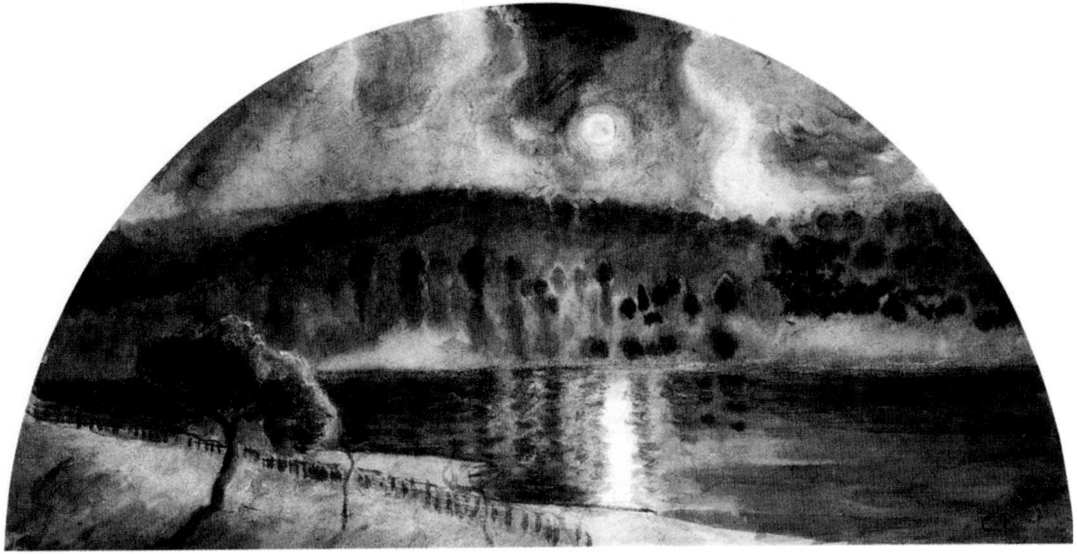
Landscape 1890

중추명월에
다다미 위에 비친
솔 그림자여

다카라이 기카쿠

Evening Figure 1935

그 노래

장정심

시보다 더 고운 노래
꽃보다 더 고운 노래
물결이 헤어지듯이
가만한 노래가 듣고 싶소

듣도록 더 듣고 싶은 그 노래
이제는 도무지 들을 수 없으니
어디로 가면은 들려 주려오
맑고도 곱고도 다정한 그 노래

병상에 와서도 위로해 주고
고적할 그때도 불러 주고
분주한 그 날에 도와주든
고상하고 다정한 그 노래

침묵의 벗 노래의 벗
그보다 미소의 벗이여
봄에 오려오 가을에 오려오
꿈에라도 그 노래 다시 들려주시오

Young Peasant at Her Toilette 1888

가을밤

이병각

뉘우침이여
벼개를 적신다.

달이 밝다.

뱃쟁이 우름에 맛추어
가을밤이 발버둥친다.

새로워질 수 없는 래력이거던
나달아 빨리 늙어라.

四月九日

Heroic Roses 1938

꽃그늘 아래선
생판 남인 사람
아무도 없네

고바야시 잇사

The Boulevard Montmartre at Night, 1897

거리에서

윤동주

달밤의 거리
광풍(狂風)이 휘날리는
북국(北國)의 거리
도시(都市)의 진주(眞珠)
전등(電燈)밑을 헤엄치는
조그만 인어(人魚) 나,
달과 전등에 비쳐
한몸에 둘셋의 그림자,
커졌다 작아졌다.

괴로움의 거리
회색(灰色)빛 밤거리를
걷고 있는 이 마음
선풍(旋風)이 일고 있네
외로우면서도
한 갈피 두 갈피
피어나는 마음의 그림자,
푸른 공상(空想)이
높아졌다 낮아졌다.

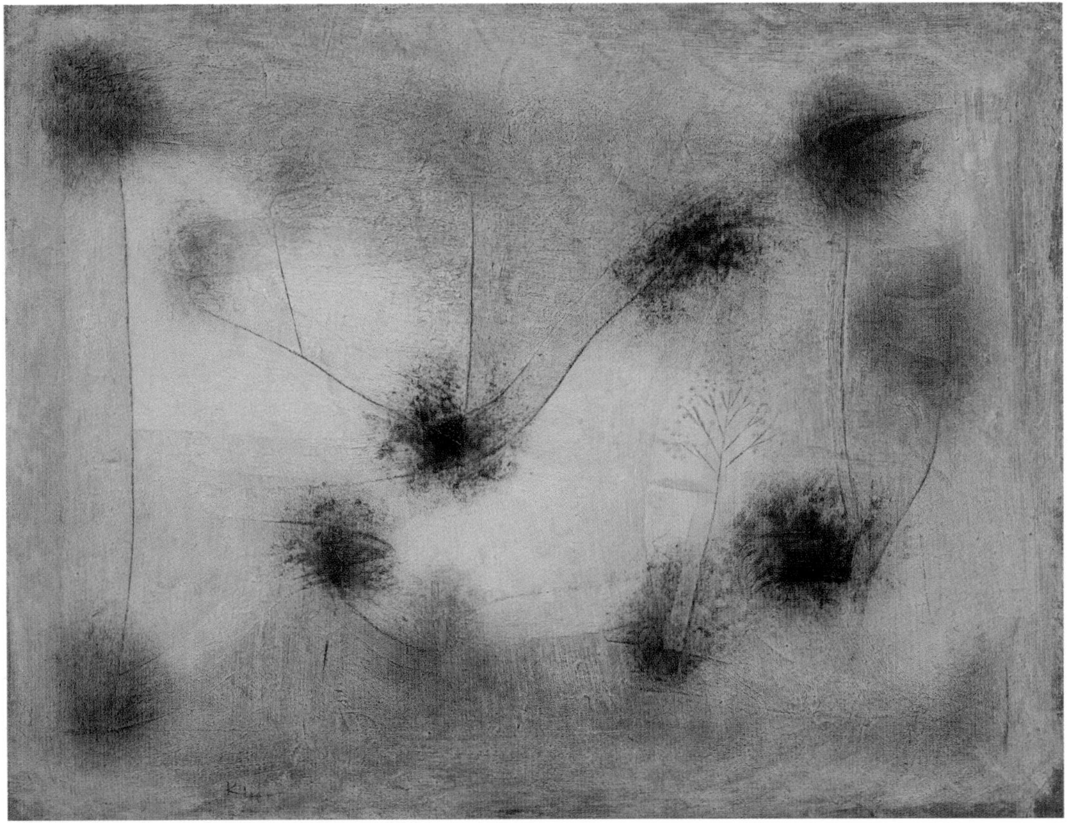

Hardy Plants 1934

꿈밭에 봄 마음

김영랑

구비진 돌담을 돌아서 돌아서
달이 흐른다 놀이 흐른다
하이얀 그림자
은실을 즈르르 몰아서
꿈밭에 봄마음 가고 가고 또 간다

Landscape at Varengeville 1899

사개 틀린 고풍의 툇마루에

김영랑

사개 틀린 고풍의 툇마루에 없는 듯이 앉아
아직 떠오를 기척도 없는 달을 기다린다
아무런 생각없이
아무런 뜻없이

이제 저 감나무 그림자가
사뿐 한 치씩 옮아오고
이 마루 위에 빛깔의 방석이
보시시 깔리우면

나는 내 하나인 외론 벗
가냘픈 내 그림자와
말없이 몸짓 없이 서로 맞대고 있으려니
이 밤 옮기는 발짓이나 들려오리라

Park 1920

산골물

윤동주

괴로운 사람아 괴로운 사람아
옷자락 물결 속에서도
가슴 속 깊이 돌돌 샘물이 흘러
이 밤을 더불어 말할 이 없도다.
거리의 소음과 노래 부를 수 없도다.
그신 듯이 냇가에 앉았으니
사랑과 일을 거리에 맡기고
가만히 가만히
바다로 가자,
바다로 가자.

九月二十六日

Peasants' Houses, Eragny 1887

나의 집

김소월

들가에 떨어져 나가 앉은 메 기슭의
넓은 바다의 물가 뒤에,
나는 지으리, 나의 집을,
다시금 큰길을 앞에다 두고.
길로 지나가는 그 사람들은
제각금 떨어져서 혼자 가는 길.
하이얀 여울턱에 날은 저물 때.
나는 문간에 서서 기다리리
새벽 새가 울며 지새는 그늘로
세상은 희게, 또는 고요하게,
번쩍이며 오는 아침부터,
지나가는 길손을 눈여겨 보며,
그대인가고, 그대인가고.

四月六日

Magical Garden 1926

돌담에 속삭이는 햇발

김영랑

돌담에 속삭이는 햇발같이
풀 아래 웃음 짓는 샘물같이
내 마음 고요히 고운 봄길 위에
오늘 하루 하늘을 우러르고 싶다

새악시 볼에 떠오는 부끄럼같이
시의 가슴 살포시 젖는 물결같이
보드레한 에머랄드 얇게 흐르는
실비단 하늘을 바라보고 싶다

九月二十七日

Portrait of Felix Pissarro 1881

어떤 일이나 마음에 간직하고 숨기는데도
어찌하여 눈물이 먼저 알아차릴까

이즈미 시키부

四月五日

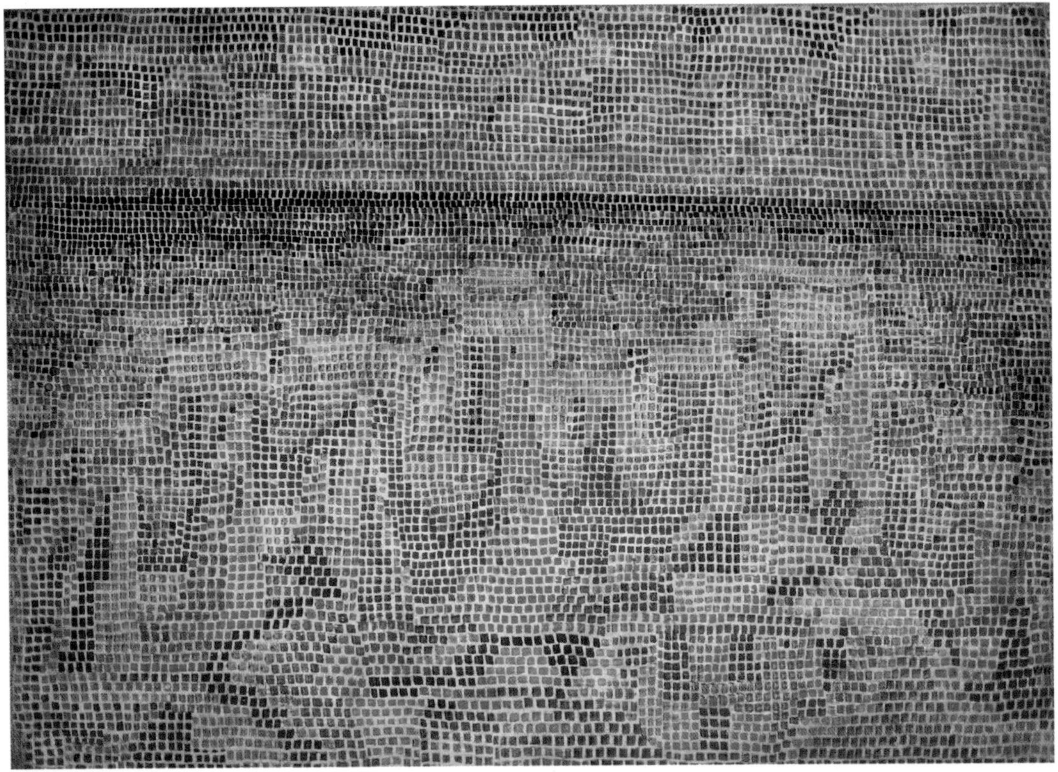

Cliffs by The Sea 1931

사랑의 전당(殿堂)

윤동주

순(順)아 너는 내 전(殿)에 언제 들어갔던 것이냐?
내사 언제 네 전(殿)에 들어갔던 것이냐?

우리들의 전당(殿堂)은
고풍(古風)한 풍습(風習)이 어린 사랑의 전당(殿堂)

순(順)아 암사슴처럼 수정(水晶)눈을 내려 감아라.
난 사자처럼 엉클린 머리를 고르련다.

우리들의 사랑은 한낱 벙어리였다.

성(聖)스런 촛대에 열(熱)한 불이 꺼지기 전(前)
순(順)아 너는 앞문으로 내달려라.

어둠과 바람이 우리 창(窓)에 부닥치기 전(前)
나는 영원(永遠)한 사랑을 안은 채
뒷문으로 멀리 사라지련다.

이제
네게는 삼림(森林) 속의 아늑한 호수(湖水)가 있고,
내게는 준험(峻險)한 산맥(山脈)이 있다.

Hyde Park, London, 1890

오—매 단풍 들것네

김영랑

'오매 단풍 들 것네'
장광에 골불은 감닙 날러오아
누이는 놀란 듯이 치어다보며
'오매 단풍 들 것네'

추석이 내일모레 기둘리니
바람이 자지어서 걱정이리
누이의 마음아 나를 보아라
'오매 단풍 들 것네'

四月四日

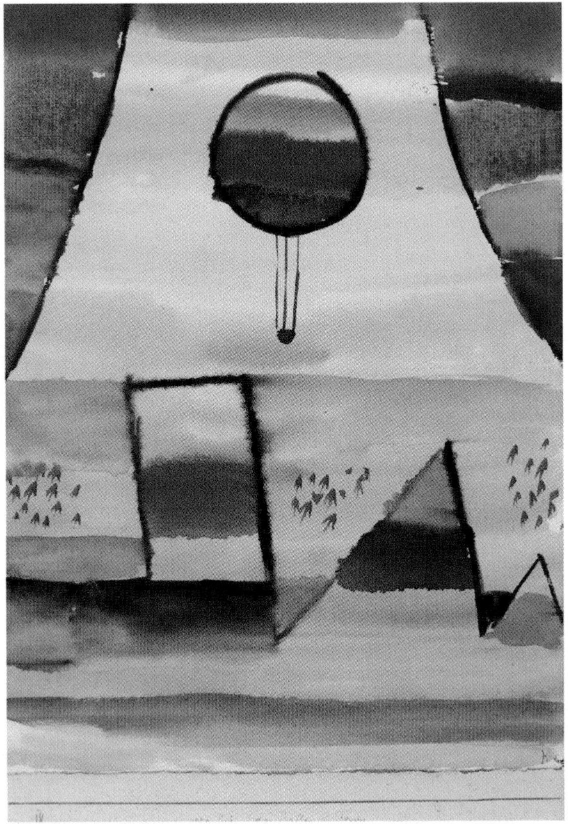

The Balloon in The Window 1929

산유화

김소월

산에는 꽃 피네
꽃이 피네
갈 봄 여름 없이
꽃이 피네.

산(山)에
산(山)에
피는 꽃은
저만치 혼자서 피어 있네.

산에서 우는 작은 새여
꽃이 좋아
산에서
사노라네.

산에는 꽃이 지네
꽃이 지네
갈 봄 여름 없이
꽃이 지네.

九月二十九日

Portrait of Jeanne 1872

한동안 너를

고석규

한동안 너를 기다리며
목이 마르고 가슴이 쓰렸다.

가을의 처량한 달빛이
너를 기다리던 혼(魂)을 앗아가고

형적없는 내 그림자
바람에 떴다.

한동안 너를 품에 안은 일은
그 따스한 불꽃이 스며

하염없이 날음치던
우리들 자리가 화려하던 무렵

그리다 그날은 저물어 버려
우리는 솔솔이 눈물을 안고

가슴이 까맣게 닫히는 문에
한동안 우리끼리 잊어야 하는 것을.

Heroic Strokes of The Bow 1938

끝없는 강물이 흐르네

김영랑

내 마음의 어딘 듯 한 편에 끝없는
강물이 흐르네.
돋쳐 오르는 아침 날빛이 빤질한
은결을 돋우네.
가슴엔 듯 눈엔 듯 또 핏줄엔 듯

마음이 도른도른 숨어 있는 곳
내 마음의 어딘 듯 한편에 끝없는
강물이 흐르네.

九月三十日

Jeanne Reading 1899

달을 잡고

허민

창에 비친 달
그대가 남기고 간 웃음인가
밝았다 기우는 설움 버릴 곳 없어

눈을 감아도
그대는 가슴속에 나타나고
버리려 달 쳐다보면 눈물이 흘러

변함이 없을
그대 맘 저 달 아래 맹서 든 때
그 일은 풀 아래 우는 벌레 소린지

四月二日

Angel Still Feminine 1939

청양사

장정심

옛정이 그립다고
절간을 찾아오니
불빛에 향기 쌓여
바람도 맑을시고
봄곡조 음을 맞혀
웃음 섞여 노래했소

十月.

달은 내려와 꿈꾸고 있네

시월에
아! 잘게 썰은 보리수나무 같구나
꺾어 버린 뒤에 (나무를)
지니실 한 분이 없으시도다.

- 고려가요 '동동' 중 十月

화가 **빈센트 반 고흐**

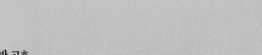

Vincent Van Gogh. 1853~1890. 네덜란드 출신으로 프랑스에서 활약한 화가로, 서양 미술사상 가장 위대한 화가 중 한 사람이다. 고흐의 작품 전부(900여 점의 그림들과 1,100여 점의 습작들)는 정신질환을 앓고 자살을 감행하기 전, 10년의 기간 동안 창작한 것들이다. 그는 살아 있는 동안에는 거의 성공을 거두지 못하고 사후에 비로소 대중들에게 알려졌는데, 특히 1901년 3월 17일 (그가 죽은 지 11년 후) 파리에서 71점의 그림이 전시된 이후 그의 이름은 급속도로 높아졌다.

네덜란드 시절 고흐의 그림은 어두운 색채로 비참한 주제가 특징이었으나, 1886~1888년 파리에서 인상파·신인상파의 영향을 받았고, 1888년 봄 아를르에 가서, 이상할 정도로 꼼꼼한 필촉(筆觸)과 타는 듯한 색채에 의해 고흐 특유의 화풍을 전개시켰다. 고흐의 작품들은 후에 야수파, 초기 추상화, 표현주의 등에 커다란 영향을 미쳤다. 주요 작품으로는 〈해바라기〉〈아를르의 침실〉〈닥터 가셰의 초상〉 등이 있다.

시인

윤동주 백석 정지용 박인환 김영랑 윤곤강 박용철 이장희
이상화 장정심 라이너 마리아 릴케 다카하마 교시 마쓰오 바쇼
사이교 가가노 지요니 이케니시 곤스이

四月一日

Park Bei Lu 1938

벚꽃잎이여
하늘도 흐려지게
흩날려 다오
늙음이 찾아오는
길 잃어버리게

아리와라노 나리히라

The Starry Night(De sterrennacht) 1889

별 헤는 밤

윤동주

계절이 지나가는 하늘에는
가을로 가득 차 있습니다.

나는 아무 걱정도 없이
가을 속의 별들을 다 헬 듯합니다.

가슴 속에 하나 둘 새겨지는 별을
이제 다 못 헤는 것은
쉬이 아침이 오는 까닭이요
내일 밤이 남은 까닭이요
아직 나의 청춘이 다 하지 않은 까닭입니다.

별 하나에 추억과
별 하나에 사랑과
별 하나에 쓸쓸함과
별 하나에 동경과
별 하나에 시와
별 하나에 어머니, 어머니,

⇨ 뒷장에 계속

四月.

산에는 꽃이 피네

사월
아니 잊고 오셨네 꾀꼬리여,
무슨 일로 녹사님은 옛날을 잊고 계신가.

- 고려가요 '동동' 중 四月

화가 **파울 클레**

Paul Klee. 1879~1940. 독일 화가. 현대 추상회화의 시조. 베른 근처 뮌헨부흐제 출생. 어려서부터 회화와 음악에 뛰어난 재능을 보였으며 바이올린 연주에 뛰어났다. 스물한 살에 회화를 선택한 후에도 W. R. 바그너와 R. 슈트라우스, W. A. 모차르트의 곡들에 심취하여 그들로부터 많은 영향을 받았다. 1898~1901년 독일의 뮌헨에서 세기 말의 화가 F. 슈투크에게 사사하기도 하였다. 1911년 칸딘스키, F. 마르크, A. 마케와 사귀고, 이듬해 1912년의 '청기사' 제2회전에 참가하였으나 1914년 튀니스 여행을 계기로 색채에 눈을 떠 새로운 창조세계로 들어갔다. 그의 작품은 구상적인 미술양식과 추상적인 미술양식 모두를 따르고 있기 때문에, 어느 특정 미술 사조에 속한다고 단정지을 수 없다. 특히 음악에 대한 관심은 그의 미술작품에 커다란 영향을 주었다. 〈빨강의 푸가〉(1921)와 〈A장조 풍경〉(1930) 같은 많은 작품들은 음악적인 구조로 정돈되어 있는데, 마치 악보 위에 음표들을 배열하듯이 색채도 정확히 배열되어 있다. 저술로는 바우하우스에서 강의한 내용을 모은 〈조형사고(造形思考, Das bildnerische Denken)〉(1956) 〈일기(Tagebücher)〉(1957)가 있으며, 작품수장집은 스위스의 베른미술관 내 클레재단에 약 3,000점이 소장되어 있다. 대표작으로는 〈새의 섬〉 〈항구〉 〈정원 속의 인물〉 〈죽음과 불〉 등이다.

시인

윤동주 김소월 정지용 김영랑 윤곤강 장정심 오일도 이장희
한용운 방정환 김억 조명희 마쓰오 바쇼 사이교 다이구 료칸
고바야시 잇사 가가노 지요니 다카이 기토 아리와라 나리히라

Starry Night Over the Rhone 1888

어머님, 나는 별 하나에 아름다운 말 한마디씩 불러 봅니다. 소학교 때 책상을 같이 했던 아이들의 이름과 패, 경, 옥, 이런 이국 소녀들의 이름과, 벌써 아기 어머니된 계집애들의 이름과, 가난한 이웃 사람들의 이름과, 비둘기, 강아지, 토끼, 노새, 노루, '프랑시스 잠', '라이너 마리아 릴케'이런 시인의 이름을 불러 봅니다.

이네들은 너무나 멀리 있습니다.
별이 아스라이 멀 듯이.

어머님,
그리고 당신은 멀리 북간도에 계십니다.

나는 무엇인지 그리워
이 많은 별빛이 내린 언덕 위에
내 이름자를 써 보고
흙으로 덮어 버리었습니다.

딴은 밤을 새워 우는 벌레는
부끄러운 이름을 슬퍼하는 까닭입니다.

그러나 겨울이 지나고 나의 별에도 봄이 오면
무덤 위에 파란 잔디가 피어나듯이
내 이름자 묻힌 언덕 우에도
자랑처럼 풀이 무성할거외다.

三月三十一日

The Plain of Gennevilliers, Yellow Fields 1884

구름

박인환

어린 생각이 부서진 하늘에
어머니 구름 적은 구름들이
사나운 바람을 벗어난다.

밤비는
구름의 층계를 뛰어내려
우리에게 봄을 알려주고
모든 것이 생명을 찾았을 때
달빛은 구름 사이로
지상의 행복을 빌어주었다.

새벽 문을 여니
안개보다 따스한 호흡으로
나를 안아주던 구름이여

시간은 흘러가
네 모습은 또다시 하늘에
어느 곳에서도 바라볼 수 있는

우리의 전형
서로 손잡고 모이면
크게 한몸이 되어
산다는 괴로움으로 흘러가는 구름
그러나 자유 속에서
아름다운 석양 옆에서
헤매는 것이
얼마나 좋으니

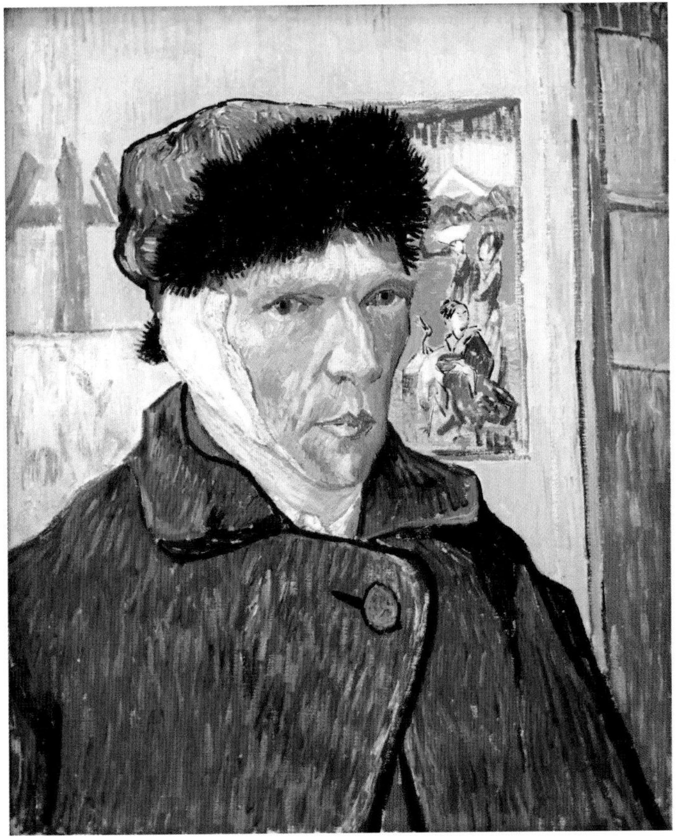

Self Portrait with Bandaged Ear 1889

자화상

윤동주

산모퉁이를 돌아 논 가 외딴 우물을 홀로 찾아가선 가만히
들여다 봅니다.

우물 속에는 달이 밝고 구름이 흐르고 하늘이 펼치고
파아란 바람이 불고 가을이 있습니다.

그리고 한 사나이가 있습니다.
어쩐지 그 사나이가 미워져 돌아갑니다.

돌아가다 생각하니 그 사나이가 가엾어집니다.
도로 가 들여다보니 사나이는 그대로 있습니다.

다시 그 사나이가 미워져 돌아갑니다.
돌아가다 생각하니 그 사나이가 그리워집니다.

우물 속에는 달이 밝고 구름이 흐르고 하늘이 펼치고
파아란 바람이 불고 가을이 있고 추억처럼 사나이가 있습니다.

Yerres, Camille Daurelle under an Oak Tree 1871~1878

어머니

윤동주

어머니!
젖을 빨려 이 마음을 달래어 주시오.
이 밤이 자꾸 설워지나이다.

이 아이는 턱에 수염자리 잡히도록
무엇을 먹고 자랐나이까?
오늘도 흰 주먹이
입에 그대로 물려 있나이다.

어머니
부서진 납인형도 슬혀진 지
벌써 오랩니다.

철비가 후누주군이 나리는 이 밤을
주먹이나 빨면서 새우리까?
어머니! 그 어진 손으로
이 울음을 달래어 주시오.

十月三日

Nursery on Schenkweg 1882

쓸쓸한 길

백석

거적장사 하나 산 뒷녚 비탈을 오른다
아— 따르는 사람도 없이 쓸쓸한 쓸쓸한 길이다
산가마귀만 울며 날고
도적갠가 개 하나 어정어정 따러간다
이스라치전이 드나 머루전이 드나
수리취 땅버들의 하이얀 복이 서러웁다
뚜물같이 흐린 날 동풍이 설렌다

三月二十九日

Portrait of a Man 1881

유언(遺言)

윤동주

후어-ㄴ한 방(房)에
유언(遺言)은 소리 없는 입놀림.

　바다에 진주(眞珠)캐려 갔다는 아들
　해녀(海女)와 사랑을 속사긴다는 맏아들
　이 밤에사 돌아오나 내다 봐라—

평생(平生) 외롭든 아버지의 운명(殞命)
감기우는 눈에 슬픔이 어린다.

외딴집에 개가 짖고
휘양찬 달이 문살에 흐르는 밤.

十月四日

Houses and Figure 1890

추야일경(秋夜一景)

백석

닭이 두 홰나 울었는데
안방 큰방은 홰즛하니 당등을 하고
인간들은 모두 웅성웅성 깨여 있어서들
오가리며 석박디를 썰고
생강에 파에 청각에 마눌을 다지고

시래기를 삶는 훈훈한 방안에는
양염 내음새가 싱싱도 하다

밖에는 어데서 물새가 우는데
토방에선 햇콩두부가 고요히 숨이 들어갔다

Richard Gallo and His Dog at Petit Gennevilliers 1884

이적(異蹟)

윤동주

발에 터분한 것을 다 빼어 버리고
황혼이 호수 위로 걸어오듯이
나도 사뿐사뿐 걸어보리이까?

내사 이 호수가로
부르는 이 없이
불리워 온 것은
참말 이적(異蹟)이외다.

오늘따라
연정(戀情), 자홀(自惚), 시기(猜忌), 이것들이
자꾸 금메달처럼 만져지는구려

하나, 내 모든 것을 여념(餘念) 없이
물결에 씻어 보내려니
당신은 호면(湖面)으로 나를 불러 내소서.

十月五日

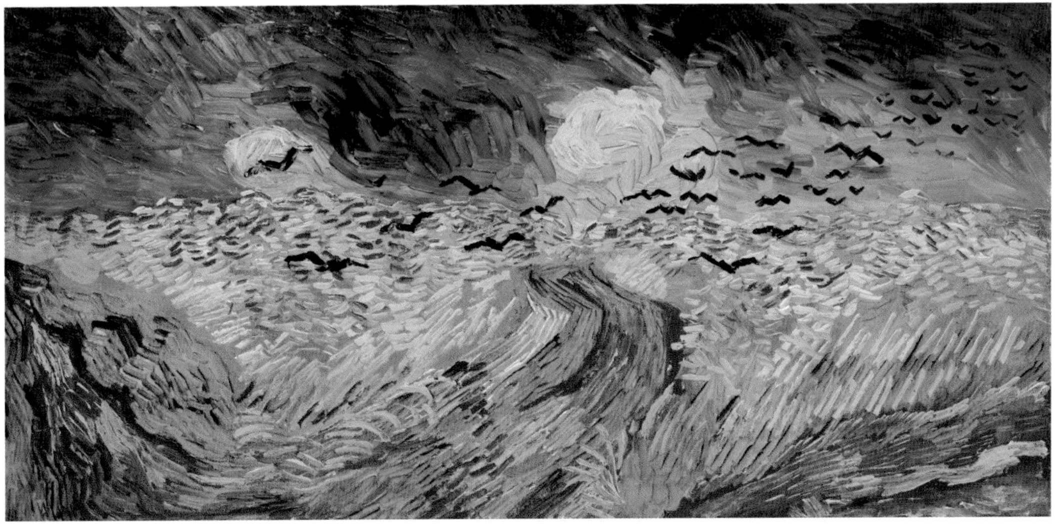
Wheatfield with Crows 1890

늙은 갈대의 독백

백석

해가 진다
갈새는 얼마 아니하야 잠이 든다
물닭도 쉬이 어느 낯설은 논드렁에서 돌아온다
바람이 마을을 오면 그때 우리는 섧게 늙음의 이야기를 편다

보름밤이면
갈거이와 함께 이 언덕에서 달보기를 한다
강물과 같이 세월의 노래를 부른다
새우들이 마른 잎새에 올라앉는 이때가 나는 좋다

어느 처녀가 내 잎을 따 갈부던을 결었노
어느 동자가 내 잎을 따 갈나발을 불었노
어느 기러기 내 순한 대를 입에다 물고 갔노
아, 어느 태공망(太公望)이 내 젊음을 낚어 갔노

⇨ 뒷장에 계속

Flowerbed of Daisies 1893

손으로 꺾는 이에게
향기를 주는
매화꽃

가가노 지요니

Dr. Paul Gachet(Portrait of Dr. Gachet) 1890

이 몸의 매딥매딥
잃어진 사랑의 허물자국
별 많은 어느 밤 강을 날여간 강다릿배의 갈대 피리
비오는 어느 아침 나룻배 나린 길손의 갈대 지팽이
모두 내 사랑이었다

해오라비조는 곁에서
물뱀의 새끼를 업고 나는 꿈을 꾸었다
벼름질로 돌아오는 낫이 나를 다리려 왔다
달구지 타고 산골로 삿자리의 벼슬을 갔다

Yellow Roses in a Vase 1882

봄으로 가자

허민

한 잎 두 잎 꽃잎이 열리는 맘
인생아 꿈 깨어서 봄으로 가자
저 언덕 오신 뜻은 웃음을 주려
겨울의 눈물길을 밟고 옴이라

희망의 나래 접고 앉았지 말고
너 나도 할 것 없이 봄으로 가자
지나간 한숨 넋을 뒤풀이 말고
기쁨의 봄 청춘을 아듬어 보자

봄이라는 청춘에 노래를 싣고
인생의 언덕에서 맞이를 하자
하품 나는 길에서 괴롭지 말고
가슴의 인생 꽃을 활짝 피우자

十月六日

Wheatfields under Thunderclouds 1890

내 옛날 온 꿈이

김영랑

내 옛날 온 꿈이 모조리 실리어 간
하늘가 닿는 데 기쁨이 사신가

고요히 사라지는 구름을 바래자
헛되나 마음 가는 그곳뿐이라

눈물을 삼키며 기쁨을 찾노란다
허공은 저리도 한없이 푸르름을

엎디어 눈물로 땅 우에 새기자
하늘가 닿는 데 기쁨이 사신다

The Boulevard Viewed from Above 1880

널빤지에서 널빤지로

에밀리 디킨슨

널빤지에서 널빤지로 난 걸었네.
천천히 조심스럽게
바로 머리맡에는 별
발밑엔 바다가 있는 것같이.

난 몰랐네—다음 걸음이
내 마지막 걸음이 될는지—
어떤 이는 경험이라고 말하지만
도무지 불안한 내 걸음걸이.

十月七日

Cafe Terrace, Place du Forum, Arles 1888

그가 한 마디
내가 한 마디
가을은 깊어 가고

다카하마 교시

View of The Seine in The Direction of The Pont de Bezons 1892

호면(湖面)

정지용

손 바닥을 울리는 소리
곱드랗게 건너 간다.

그뒤로 흰게우가 미끄러진다.

十月八日

Girl in White 1890

목마와 숙녀

박인환

한 잔의 술을 마시고
우리는 버지니아 울프의 생애와
목마를 타고 떠난 숙녀의 옷자락을 이야기한다
목마는 주인을 버리고 거저 방울 소리만 울리며
가을 속으로 떠났다 술병에서 별이 떨어진다
상심한 별은 내 가슴에 가벼웁게 부서진다
그러한 잠시 내가 알던 소녀는
정원의 초목 옆에서 자라고
문학이 죽고 인생이 죽고
사랑의 진리마저 애증의 그림자를 버릴 때
목마를 탄 사랑의 사람은 보이지 않는다
세월은 가고 오는 것
한때는 고립을 피하여 시들어가고
이제 우리는 작별하여야 한다
술병이 바람에 쓰러지는 소리를 들으며
늙은 여류작가의 눈을 바라다보아야 한다
……등대에……
불이 보이지 않아도
거저 간직한 페시미즘의 미래를 위하여
우리는 처량한 목마 소리를 기억하여야 한다
모든 것이 떠나든 죽든
거저 가슴에 남은 희미한 의식을 붙잡고
우리는 버지니아 울프의 서러운 이야기를 들어야 한다
두 개의 바위 틈을 지나 청춘을 찾은 뱀과 같이
눈을 뜨고 한 잔의 술을 마셔야 한다.
인생은 외롭지도 않고
거저 잡지의 표지처럼 통속하거늘
한탄할 그 무엇이 무서워서 우리는 떠나는 것일까
목마는 하늘에 있고
방울 소리는 귓전에 철렁거리는데
가을 바람소리는
내 쓰러진 술병 속에서 목 메어 우는데

Portrait of a Schoolboy 1879

연애

박용철

어젯날이 채 가지도 않아
또 새로운 날이 부챗살을 피는 나라 오—로—라

언덕에는 꽃이 가득히 피고
새들은 수없이 가지에서 노래한다

Road with Cypress and Star 1890

달밤— 도회(都會)

이상화

먼지투성이인 지붕 위로
달이 머리를 쳐들고 서네.

떡잎이 터진 거리의 포플라가 실바람에 불려
사람에게 놀란 도적이 손에 쥔 돈을 놓아버리듯
하늘을 우러러 은 쪽을 던지며 떨고 있다.

풋솜에나 비길 얇은 구름이
달에게로 날아만 들어
바다 위에 섰는 듯 보는 눈이 어지럽다.

사람은 온몸에 달빛을 입은 줄도 모르는가.
둘씩 셋씩 짝을 지어 예사롭게 지껄이다.
아니다, 웃을 때는 그들의 입에 달빛이 있다.
달 이야긴가 보다.

아, 하다못해 오늘 밤만 등불을 꺼 버리자.
촌각시같이 방구석에서, 추녀 밑에서
달을 보고 얼굴을 붉힌 등불을 보려무나.

거리 뒷간 유리창에도
달은 내려와 꿈꾸고 있네.

The Yerres Rain 1875

부슬비

허민

부슬부슬 부슬비 꽃 보려 오오
잔디밭 핀 풀잎에 잠자러 오오
버들가지 나 보고 웃고 있으니
소리 좋은 노래를 들으라 하오

부슬부슬 부슬비 나려 오시니
꼬슬머리 여(女)애가 맞이합니다
단잠 깨는 어린애 하품하는데
부슬부슬 부슬비 어여쁜 걸음

할미꽃 진달래꽃 기도 드리고
나비들 추는 춤도 조용도 하며
황토산의 뻐꾹새 철을 알리니
부슬부슬 부슬비 나려 옵니다

十月十日

Memory of the Garden at Etten(Ladies of Arles) 1888

절망(絶望)

백석

북관(北關)에 계집은 튼튼하다
북관(北關)에 계집은 아름답다
아름답고 튼튼한 계집은 있어서
흰 저고리에 붉은 길동을 달어
검정치마에 받쳐입은 것은
나의 꼭 하나 즐거운 꿈이였드니
어늬 아츰 계집은
머리에 무거운 동이를 이고
손에 어린것의 손을 끌고
가펴러운 언덕길을
숨이 차서 올라갔다
나는 한종일 서러웠다

Woman Seated on the Lawn 1874

고백

윤곤강

꽃가루처럼
보드라운 숨결이로다

그 숨결에
시들은 내 가슴의 꽃동산에도
화려한 봄 향내가
아지랑이처럼 어리우도다

금방울처럼
호동그란 눈알이로다

그 눈알에
굶주린 내 청춘의 황금 촛불이
유황(硫黃)처럼 활활 타오르도다

얼싸안고
몸부림이라도 쳐볼까
하늘보다도 높고
바다보다도 더 넓은 기쁨

오오!
하늘로 솟을까 보다
땅 속으로 숨을까 보다
주정꾼처럼, 미친 놈처럼…

White House at Night 1890

달밤

윤동주

흐르는 달의 흰 물결을 밀쳐
여윈 나무그림자를 밟으며
북망산(北邙山)을 향(向)한 발걸음은 무거웁고
고독을 반려(伴侶)한 마음은 슬프기도 하다.

누가 있어만 싶은 묘지(墓地)엔 아무도 없고
정적(靜寂)만이 군데군데 흰 물결에 폭 젖었다.

三月二十日

Flower Bed, Petit-Gennevilliers Garden 1881~1882

종달새

윤동주

종달새는 이른 봄날
질디진 거리의 뒷골목이
싫더라.
명랑한 봄하늘,
가벼운 두 나래를 펴서
요염한 봄노래가
좋더라.
그러나,
오늘도 구멍 뚫린 구두를 끌고
훌렁훌렁 뒷거리길로
고기새끼 같은 나는 헤매나니,
나래와 노래가 없음인가,
가슴이 답답하구나.

十月十二日

Almond Blossoms 1890

달밤이여
돌 위에 나가 우는 귀뚜라미

가가노 지요니

Field by The Sea 1882

포플라

윤곤강

별까지 꿈을 뻗친
야윈 손길
치솟고 싶은 마음
올라가도 올라가도
찾는 하늘 손에
잡히지 않아 슬퍼라

十月十三日

Wheat Field in Rain 1889

비

정지용

돌에
그늘이 차고,

따로 몰리는
소소리 바람.

앞서거니 하여
꼬리 치날리어 세우고,

종종 다리 까칠한
산(山)새 걸음걸이.

여울 지어
수척한 흰 물살,

갈갈이
손가락 펴고.

멎은 듯
새삼 돋는 빗낱

붉은 잎 잎
소란히 밟고 간다.

三月十八日

Fruit Displayed on a Stand 1881

고방

백석

낡은 질동이에는 갈 줄 모르는 늙은 집난이같이 송구떡이 오래도록 남어 있었다

오지항아리에는 삼춘이 밥보다 좋아하는 찹쌀탁주가 있어서 삼춘의 임내를 내어가며 나와 사춘은 시큼털털한 술을 잘도 채어 먹었다

제삿날이면 귀머거리 할아버지 가에서 왕밤을 밝고 싸리꼬치에 두부산적을 께었다

손자아이들이 파리떼같이 모이면 곰의 발 같은 손을 언제나 내어둘렀다

구석의 나무말쿠지에 할아버지가 삼는 소신 같은 짚신이 둑둑이 걸리어도 있었다

넷말이 사는 컴컴한 고방의 쌀독 뒤에서 나는 저녁 끼때에 부르는 소리를 듣고도 못 들은 척하였다

十月十四日

Sunset at Montmajour 1888

낮의 소란 소리

김영랑

거나한 낮의 소란 소리 풍겼는듸
금시 퇴락하는 양
묵은 벽지의 내음 그윽하고
저쯤 예사 걸려 있을 희멀끔한 달
한 자락 펴진 구름도 못 말아 놓는 바람이어니
묵근히 옮겨 딛는 밤의 검은 발짓만
고뇌인 넋을 짓밟누나
아! 몇 날을 더 몇 날을
뛰어 본 다리 날아 본 다리
허전한 풍경을 안고 고요히 선다

Boat Moored on The Seine at Argenteuil 1884

봄철의 바다

이장희

저기 고요히 멈춘
기선의 굴뚝에서
가늘은 연기가 흐른다.

엷은 구름과
낮겨운 햇빛은
자장가처럼 정다웁고나.

실바람 물살 지우는 바다 위로
나지막하게 VO——우는
기적의 소리가 들린다.

바다를 향해 기울어진 풀두던에서
어느덧 나는
휘파람 불기에도 피로하였다.

Peasant Burning Weeds 1883

쓸쓸한 시절

이장희

어느덧 가을은 깊어
들이든 뫼이든 숲이든
모두 파리해 있다.

언덕 위에 오뚝이 서서
개가 짖는다.
날카롭게 짖는다.

비ㅡㄴ 들에
마른 잎 태우는 연기
가늘게 가늘게 떠오른다.

그대여
우리들 머리 숙이고
고요히 생각할 그때가 왔다.

The Orange Trees(The Artist's Brother in His Garden) 1878

봄 밤

노자영

껴안고 싶도록
부드러운 봄 밤!

혼자 보기는 너무도 아까운
눈물 나오는 애타는 봄 밤!

창 밑에 고요히 대글거리는
옥빛 달 줄기 잠을 자는데
은은한 웃음에 눈을 감는
살구꽃 그림자 춤을 춘다.
야앵(夜鶯)우는 고운 소리가
밤놀을 타고 날아오리니
행여나 우리 님
그 노래를 타고
이 밤에 한번 아니 오려나!

껴안고 싶도록
부드러운 봄 밤!

우리 님 가슴에 고인 눈물을
네가 가지고 이곳에 왔는가……

아! 혼자 보기는 너무도 아까운
눈물 나오는 애타는 봄 밤!
살구꽃 그림자 우리집 후원에
고요히 나붓기는데
님이여! 이 밤에 한번 오시어
저 꽃을 따서 노래하소서.

十月十六日

Autumn Landscape 1885

어머님

장정심

오늘 어머님을 뵈오라 갈 수가 있다면
붉은 카네숀 꽃을 한아름 안고 가서
옛날에 불러주시든 그 자장가를
또다시 듣고 오고 싶습니다

누구라 어머님의 사랑을 설명하라 한다면
나의 평생의 처음 사랑이오
또한 나의 후생에도 영원할 사랑이라고
큰 소리로 외쳐 대답해주겠습니다

누구라 어머님의 성격을 말하라 하면
착하신 그 마음 원수라도 용서해주시고
진실하신 그 입엔 허탄한 말슴도 없었고
아름다온 그 표정 평화스러우시다 하겠읍니다

님의 간절하시든 정성의 기도
님의 은근하시든 교훈의 말슴
마음끝 님을 예찬하려 하오나
혀끝과 붓끝이 무디여 유감입니다

三月十五日

Mademoiselle Boissiere Knitting 1877

어머니의 웃음

이상화

날이 맛도록
온 데로 헤매노라—
나른한 몸으로도
시들픈 맘으로도
어둔 부엌에,
밥짓는 어머니의
나보고 웃는 빙그레웃음!
내 어려 젖 먹을 때
무릎 위에다,
나를 고이 안고서
늙음조차 모르던
그 웃음을 아직도
보는가 하니
외로움의 조금이
사라지고, 거기서
가는 기쁨이 비로소 온다.

十月十七日

Irises 1890

둘이서 함께
바라보고 또 바라보던
가을 보름달
혼자 바라보게 될
그것이 슬퍼라

사이교

Yerres Valley 1877

산울림

윤동주

까치가 울어서
산울림,
아무도 못들은
산울림.

까치가 들었다,
산울림,
저 혼자 들었다,
산울림.

十月十八日

The Man is at Sea (after Demont-Breton) 1889

밤

윤동주

외양간 당나귀
아—ㅇ 외마디 울음 울고

당나귀 소리에
으—아 아 애기 소스라쳐 깨고,

등잔에 불을 다오.

아버지는 당나귀에게
짚을 한 키 담아 주고,

어머니는 애기에게
젖을 한 모금 먹이고,

밤은 다시 고요히 잠드오.

三月十三日

Loaded Haycart 1878

병아리

윤동주

'뾰, 뾰, 뾰
엄마 젖 좀 주'
병아리 소리.

'꺽, 꺽, 꺽,
오냐 좀 기다려'
엄마닭 소리.

좀 있다가
병아리들은
엄마 품속으로
다 들어 갔지요.

十月十九日

Farmhouse in a Wheat Field 1888

고목 가지 끝에서는
있는 듯 없는 듯
호수의 물소리.

이케니시 곤스이

三月十二日

Portrait of Henri Cordier 1883

밤은 길고
나는 누워서
천 년 후를 생각하네

마사오카 시키

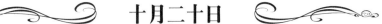

Hospital at Saint-Remy 1889

가을

라이너 마리아 릴케

잎들이 떨어집니다. 먼 곳에서 잎들이 떨어집니다.
저 먼 하늘의 정원이 시들어버린 듯
부정하는 몸짓으로 잎들이 떨어집니다.

그리고 오늘밤 무거운 지구가 떨어집니다.
다른 별들에서 떨어져 홀로 외롭게.

우리들 모두가 떨어집니다. 이 손이 떨어집니다.
그리고 보세요 다른 것들을, 모두가 떨어집니다.

그러나 저기 누군가가 있어,
그의 두 손으로
한없이 부드럽게 떨어지는 것들을 받아주고 있습니다.

三月十一日

Woods at La Grange 1879

새로운 길

윤동주

내를 건너서 숲으로
고개를 넘어서 마을로

어제도 가고 오늘도 갈
나의 길 새로운 길

민들레가 피고 까치가 날고
아가씨가 지나고 바람이 일고

나의 길은 언제나 새로운 길
오늘도… 내일도…

내를 건너서 숲으로
고개를 넘어서 마을로

The Poplars at Saint-Remy 1889

청시(青柹)

백석

별 많은 밤
하누바람이 불어서
푸른 감이 떨어진다 개가 짖는다

The Seine and the Railroad Bridge at Argenteuil 1885~1887

물

변영로

지구는 가만이 돈다
호수나 강을 엎지르지 않으려고
물은 그 팔 안에 안겨 있고
하늘은 그 물 안에 잡혀 있다
은(銀)을 붓(注[주])고
그 하늘을 붙잡는
그 물은 무엇일까?

十月二十二日

Farming Village at Twilight 1884

수라(修羅)

백석

거미새끼 하나 방바닥에 나린 것을 나는 아모 생각 없이
문밖으로 쓸어버린다
차디찬 밤이다

언제인가 새끼거미 쓸려나간 곳에 큰거미가 왔다
나는 가슴이 짜릿한다
나는 또 큰거미를 쓸어 문밖으로 버리며
찬 밖이라도 새끼 있는 데로 가라고 하며 서러워한다

이렇게 해서 아린 가슴이 싹기도 전이다
어데서 좁쌀알만한 알에서 가제 깨인 듯한 발이 채 서지도
못한 무척 적은 새끼거미가 이번엔 큰거미 없어진 곳으로
와서 아물거린다
나는 가슴이 메이는 듯하다
내 손에 오르기라도 하라고 나는 손을 내어미나 분명히
울고불고 할 이 작은 것은 나를 무서우이 달아나버리며
나를 서럽게 한다
나는 이 작은 것을 고이 보드러운 종이에 받어 또 문밖으로
버리며 이것의 엄마와 누나나 형이 가까이 이것의 걱정을
하며 있다가 쉬이 만나기나 했으면 좋으련만 하고 슬퍼한다

三月九日

Rising Road 1881

봄을 흔드는 손이 있어

이해문

마냥 우슴 웃는 처녀 있어
여기 나의 뜰우에 시집 오나니
연방 대지(大地)에 입맞추며 가러 오누나

머리에 쓴 화관(花冠)이 너머 눈부시여
신랑(新郞)인 나는 고만 취(醉)해지고
저기 벌떼 있어 풍악 함께 울리며 온다

짙은 연기를 보며 내 예(禮)의 자리에 서면
아아 봄을 흔드는 손이 있어
나의 가슴은 꿈같이 쓰러질 듯하다

어쩌면 나에게도 고흔 나비가 한놈
훨훨 날개를 젓고
날러 올 듯도한 봄이기는 한데

十月二十三日

Wheat Field with Cypresses at the Haude Galline near Eygalieres 1889

나는 네 것 아니라

박용철

나는 네 것 아니라 네 가운데 안 사라졌다
 안 사라졌다 나는 참말 바라지마는
한낮에 켜진 촛불이 사라짐같이
 바닷물에 듣는 눈발이 사라짐같이

나는 너를 사랑는다, 내 눈에는 네가 아직
 아름답고 빛나는 사람으로 비친다
 너의 아름답고 빛남이 보인다

그러나 나는 나, 마음은 바라지마는 —
 빗속에 사라지는 빛같이 사라지기.

오 나를 깊은 사랑 속에 내어 던지라
 나의 감각을 뽑아 귀 어둡고 눈 멀게 하여라
너의 사랑이 폭풍우에 휩쓸리어
 몰리는 바람 앞에 가느단 촛불같이.

Argenteuil Promenade 1883

바람과 봄

김소월

봄에 부는 바람, 바람 부는 봄,
작은 가지 흔들리는 부는 봄바람,
내 가슴 흔들리는 바람, 부는 봄,
봄이라 바람이라 이 내 몸에는
꽃이라 술잔(盞)이라 하며 우노라.

The Night Cafe 1888

토요일

윤곤강

월(月)
화(火)
수(水)
목(木)
금(金)
토(土)
— 이렇게 일자(日字)가 지나가고,

또다시 오늘은 토요(土曜)

일월(日月)의 길다란 선로(線路)를
말없이 달아나는 기차… 나의 생활아

구둣발에 채인 돌멩이처럼
얼어붙은 운명을 울기만 하려느냐

三月七日

The Seine at Argenteuil 1892

동틀 무렵
북두칠성 적시는
봄의 밀물

마쓰세 세이세이

Vincent's Bedroom in Arles 1889

비에 젖은 마음

박용철

불도 없는 방안에 쓰러지며
내쉬는 한숨 따라 「아 어머니 !」 섞이는 말
모진 듯 참아오던 그의 모든 서러움이
공교로운 고임새의 무너져나림같이
이 한 말을 따라 한번에 쏟아진다

많은 구박 가운데로 허위어다니다가
헌솜같이 지친 몸은 일어날 기운 잃고
그의 맘은 어두움에 가득 차서 있다
쉬일 줄 모르고 찬비 자꾸 나리는 밤
사람 기척도 없는 싸늘한 방에서

뜻없이 소리내인 이 한 말에 마음 풀려
짓궂은 마을애들에게 부대끼우다
엄마 옷자락에 매달려 우는 애같이
그는 달래어주시는 손 이마 우에 느껴가며
모든 괴롬 울어 잊으련 듯 마음놓아 울고 있다

Woman at a Dressing Table 1873

사모(思慕)

노자영

우리 님 가신 남쪽에서는
가느다란 바람이 불어옵니다
행여나 먼 나라 그곳에 가서
울고 있는 우리 님 탄식이 아닐까 하여

우리 님 밟던 풀꽃 위에
새 하얀 이슬이 떨어집니다
행여나 그 님이 오는 날까지
그 눈에 눈물을 담는가 하여

우리 님 보던 나무 뜰에는
옥 같은 달빛이 흘러 내립니다
행여나 그 님이 그 달 아래서
오히려 노래를 부르는 소린가 하여……

十月二十六日

Cottages and Cypresses Reminiscence of the North 1890

낙엽

윤곤강

소리도 자취도 없이
내 외롭고 싸늘한 마음속으로
밤마다 찾아와서는
조용하고 얌전한 목소리로
기다림에 지친 나의 창을
은근히 두드리는 소리

깨끗한 시악씨의 거룩한 그림자야!
조심스러운 너의 발자국소리
사뿐사뿐 디디며 밟는 자국

아아, 얼마나 정다운 소리뇨
온갖 값진 보배 구슬이
지금 너의 맨발 길을 따라
허깨비처럼 내게로 다가오도다

시악씨야! 그대 어깨 위에
내 마음을 축여 주는
입맞춤을 가져간다 하더라도
그대 가벼운 몸짓을 지우지 말라

있는 듯 만 듯한 동안의 이 즐거움
너를 기다리는 안타까운 동안
너의 발자국소리가 내 마음이여라

三月五日

Paris Street, a Rainy Day 1877

봄 비

변영로

나직하고, 그윽하게 부르는 소리 있어,
나아가보니, 아, 나아가보니—
졸음 잔뜩 실은 듯한 젖빛 구름만이
무척이나 가쁜 듯이, 한없이 게으르게
푸른 하늘 위를 거닌다.
아, 잃은 것 없이 서운한 나의 마음!

나직하고, 그윽하게 부르는 소리 있어,
나아가보니, 아, 나아가보니—
아려—ㅁ풋이 나는, 지난날의 회상(回想)같이
떨리는, 뵈지 않는 꽃의 입김만이
그의 향기로운 자랑 안에 자지러지노나!
아, 찔림없이 아픈 나의 가슴!

나직하고, 그윽하게 부르는 소리 있어,
나아가보니, 아, 나아가보니—
이제는 젖빛 구름도 꽃의 입김도 자취 없고
다만 비둘기 발목만 붉히는 은(銀)실 같은 봄비만이
노래도 없이 근심같이 내리노나!
아, 안 올 사람 기다리는 나의 마음!

十月二十七日

Self-Portrait 1989

당신의 소년은

이용악

설룽한 마음 어느 구석엔가
숱한 별들 떨어지고
쏟아져내리는 빗소리에 포옥 잠겨 있는
당신의 소년은

아득히 당신을 그리면서
개울창에 버리고 온 것은
갈가리 찢어진 우산
나의 슬픔이 아니었습니다

당신께로의 불길이
나를 싸고 타올라도
나의 길은
캄캄한 채로 닫힌 쌍바라지에 이르러
언제나 그림자도 없이 끝나고

얼마나 많은 밤이 당신과 나 사이에
테로스의 바다처럼
엄숙히 놓여져 있습니까
당신은 당신의 슬픔에서만 나를 찾았고
나는 나의 슬픔을 통해 당신을 만났을 뿐입니까

어느 다음날
수풀을 헤치고 와야 할 당신의 옷자락이
훠얼 훨 앞을 흐리게 합니다
어디서 당신은 이처럼 소년을 부르십니까

三月四日

The Pont de Europe Study 1876

사랑스런 추억(追憶)

윤동주

봄이 오던 아침, 서울 어느 쪼그만 정거장(停車場)에서
희망(希望)과 사랑처럼 기차(汽車)를 기다려,

나는 플랫폼에 간신한 그림자를 떨어뜨리고,
담배를 피웠다.

내 그림자는 담배 연기 그림자를 날리고
비둘기 한떼가 부끄러울 것도 없이
나래 속을 속, 속, 햇빛에 비춰, 날았다.
기차(汽車)는 아무 새로운 소식도 없이
나를 멀리 실어다 주어,

봄은 다 가고—동경교외(東京郊外) 어느 조용한
하숙방(下宿房)에서, 옛거리에 남은 나를 희망(希望)과
사랑처럼 그리워한다.

오늘도 기차(汽車)는 몇 번이나 무의미(無意味)하게 지나가고,
오늘도 나는 누구를 기다려 정거장(停車場) 가까운 언덕에서
서성거릴게다.
—아아 젊음은 오래 거기 남아 있거라.

Beach at Scheveningen in Stormy Weather 1882

내 탓

장정심

친구를 안다 함은 얼굴만 안 것이지
맘이야 누가 알까 짐작도 못 하렸다
오늘에 맘 아파함은 내 탓인가 하노라

三月三日

The Nap 1887

머물 곳이 없다
순식간에 저물었다

타데나 산토카

Two Cypresses 1889

황홀한 달빛

김영랑

황홀한 달빛
바다는 은(銀)장
천지는 꿈인 양
이리 고요하다

부르면 내려올 듯
정든 달은
맑고 은은한 노래
울려날 듯

저 은장 위에
떨어진단들
달이야 설마
깨어질라고

떨어져 보라
저 달 어서 떨어져라
그 혼란스럼
아름다운 천둥 지둥

후젓한 삼경
산 위에 홀히
꿈꾸는 바다
깨울 수 없다

三月二日

Houses in Argenteuil 1883

봄은 고양이로다

이장희

꽃가루와 같이 부드러운 고양이의 털에
고운 봄의 향기(香氣)가 어리우도다

금방울과 같이 호동그란 고양이의 눈에
미친 봄의 불길이 흐르도다

고요히 다물은 고양이의 입술에
포근한 봄 졸음이 떠돌아라

날카롭게 쭉 뻗은 고양이의 수염에
푸른 봄의 생기(生氣)가 뛰놀아라

十月三十日

Farmhouse in Provence 1888

이 길,
지나가는 이도 없이
저무는 가을.

마쓰오 바쇼

Thatched Cottage in Trouville 1882

봄

윤동주

봄이 혈관(血管) 속에 시내처럼 흘러
돌, 돌, 시내 가까운 언덕에
개나리, 진달래, 노오란 배추꽃

삼동(三冬)을 참아온 나는
풀포기처럼 피어난다.

즐거운 종달새야
어느 이랑에서나 즐거웁게 솟쳐라.

푸르른 하늘은
아른아른 높기도 한데……

Vase with Twelve Sunflowers 1888

달을 쏘다

윤동주

번거롭던 사위(四圍)가 잠잠해지고 시계 소리가 또렷하나 보니 밤은 저윽이 깊을 대로 깊은 모양이다. 보던 책자를 책상 머리에 밀어놓고 잠자리를 수습한 다음 잠옷을 걸치는 것이다. 「딱」 스위치 소리와 함께 전등을 끄고 창녘의 침대에 드러누우니 이때까지 밝은 휘양찬 달 밤이었던 것을 감각치 못하였었다. 이것도 밝은 전등의 혜택이었을까.

나의 누추한 방이 달빛에 잠겨 아름다운 그림이 된다는 것보담도 오히려 슬픈 선창(船艙)이 되는 것이다. 창살이 이마로부터 콧마루, 입술, 이렇게 하얀 가슴에 여맨 손등에까지 어른거려 나의 마음을 간지르는 것이다. 옆에 누운 분의 숨소리에 방은 무시무시해진다. 아이처럼 황황해지는 가슴에 눈을 치떠서 밖을 내다보니
가을 하늘은 역시 맑고 우거진 송림은 한 폭의 묵화다.
달빛은 솔가지에 쏟아져 바람인 양 솨— 소리가 날 듯하다. 들리는 것은 시계 소리와 숨소리와 귀또리 울음뿐 벅쩍대던 기숙사도 절간보다 더 한층 고요한 것이 아니냐?

나는 깊은 사념에 잠기우기 한창이다. 딴은 사랑스런 아가씨를 사유(私有)할 수 있는 아름다운 상화(想華)도 좋고, 어릴 적 미련을 두고 온 고향에의 향수도 좋거니와 그보담 손쉽게 표현 못할 심각한 그 무엇이 있다.

⇨ 뒷장에 계속

三月.

포근한 봄 졸음이 떠돌아라

삼월 나면서 핀
늦봄 진달래꽃이여!
남이 부러워할 자태를 지니고 나셨도다.

- 고려가요 '동동' 중 三月

화가 **귀스타브 카유보트**

Gustave Caillebotte, 1848~1894. 프랑스의 인상주의 화가. 프랑스 파리의 부유한 상류층 가정에서 태어났다. 1873년 에콜 데 보자르에 입학했으며, 이듬해 아버지가 돌아가시자 막대한 유산을 상속받아 경제적인 어려움 없이 그림 그리기에만 전념할 수 있었다. 1875년 〈마루를 깎는 사람들〉을 살롱전에 출품했으나 너무 적나라한 현실감 때문에 심사위원들로부터 거부당했다. 이후 몇 차례에 걸쳐 인상파전에 참여하며, 전시를 기획하고 재정적인 지원을 했다. 그가 도움을 주었던 가난한 인상파 화가들은, 마네, 모네, 르느와르, 피사로, 드가, 세잔 등이었다. 그가 소장하고 있던 67점의 인상파 작품을 사후에 프랑스국립미술관에 기증했으나 '주제넘은 기증'에 당황하여 수용 여부를 놓고 한바탕 논란이 있었다는 일화는 유명하다. 그 논란을 계기로 인상파 화가들은 대중에게 널리 알려지게 되었다. 카유보트는 고전적인 규범에서 벗어나 일상적인 파리의 모습을 주제로 그림 그리는 것을 좋아했다. 특히 길 위의 풍경에 관심이 많았던 그는 커다란 도로, 광장, 다리, 그리고 그 위를 걷고 있는 사람들의 모습을 화폭에 담으며 19세기 새롭게 변화하는 파리의 풍경을 재현했다. 주요 작품으로는 〈창가의 남자(A Young Man at His Window)〉(1875), 〈마루를 깎는 사람들(The Floor Scrapers)〉(1875), 〈유럽 다리(The Pont du Europe)〉(1876), 〈비 오는 파리 거리(Paris Street, A Rainy Day)〉(1877) 등이 있다.

시인

윤동주　백석　정지용　박인환　김소월　변영로　윤곤강　이해문
이상화　노자영　이장희　허민　박용철　에밀리 디킨슨　타데나 산토카
마쓰세 세이세이　마사오카 시키　가가노 지요니

바다를 건너 온 H 군의 편지 사연을 곰곰 생각할수록 사람과 사람 사이의 감정이란 미묘한 것이다. 감상적인 그에게도 필연코 가을은 왔나 보다.
편지는 너무나 지나치지 않았던가, 그중 한 토막,
「군아, 나는 지금 울며울며 이 글을 쓴다. 이 밤도 달이 뜨고, 바람이 불고, 인간인 까닭에 가을이란 흙냄새도 안다. 정의 눈물, 따뜻한 예술학도였던 정의 눈물도 이 밤이 마지막이다.」
또 마지막 켠으로 이런 구절이 있다.
「당신은 나를 영원히 쫓아 버리는 것이 정직할 것이오.」
나는 이 글의 뉘앙스를 해득할 수 있다.

그러나 사실 나는 그에게 아픈 소리 한 마디 한 일이 없고 서러운 글 한 쪽 보낸 일이 없지 아니한가. 생각컨대 이 죄는 다만 가을에게 지워 보낼 수밖에 없다.

홍안서생(紅顔書生)으로 이런 단안을 내리는 것은 외람한 일이나 동무란 한낱 괴로운 존재요, 우정이란 진정코 위태로운 잔에 떠 놓은 물이다. 이 말을 반대할 자 누구랴. 그러나 지기(知己) 하나 얻기 힘든다 하거늘 알뜰한 동무 하나 잃어버린다는 것이 살을 베어내는 아픔이다.

나는 나를 정원에서 발견하고 창을 넘어 나왔다든가 방문을 열고 나왔다든가 왜 나왔느냐 하는 어리석은 생각에 두뇌를 괴롭게 할 필요는 없는 것이다. 다만 귀뚜라미 울음에도 수줍어지는 코스모스 앞에 그윽이 서서 닥터 빌링스의 동상 그림자처럼 슬퍼지면 그만이다.
나는 이 마음을 아무에게나 전가시킬 심보는 없다. 옷깃은 민감이어서 달빛에도 싸늘히 추워지고 가을 이슬이란 선득선득하여서 설운 사나이의 눈물인 것이다.

발걸음은 몸뚱이를 옮겨 못가에 세워 줄 때 못 속에도 역시 가을이 있고, 삼경(三更)이 있고, 나무가 있고, 달이 있다.

그 찰나, 가을이 원망스럽고 달이 미워진다. 더듬어 돌을 찾아 달을 향하여 죽어라고 팔매질을 하였다. 통쾌! 달은 산산이 부서지고 말았다. 그러나 놀랐던 물결이 잦아들 때 오래잖아 달은 도로 살아난 것이 아니냐, 문득 하늘을 쳐다보니 얄미운 달은 머리 위에서 빈정대는 것을…

나는 곳곳한 나뭇가지를 골라 띠를 째서 줄을 메워 훌륭한 활을 만들었다. 그리고 좀 탄탄한 갈대로 화살을 삼아 무사(武士)의 마음을 먹고 달을 쏘다.

二月二十九日

Self-Portrait with Black Vase and Spread Fingers 1911

고배(苦盃)

노자영

이 세상 괴로움 많아 고해(苦海)라 이름 하거니
눈물 한숨 쓰린 잔을 나인들 피하리요!
뜻 같지도 않은 이 한세상을 울고 갈까 합니다.

어깨에 매인 짐 이다지도 아픈 것이
웃어본 적 있거니와 울어본 적 더 많어라
한(恨)은 길고 낙(樂)은 짧아서
눈물 지우고 갈 것을
한번 오고 또 못 오는 이 짧은 한세상에
어이다 이다지도 불운만이 오는 것을
울고 불면 무엇 하리요, 운명일까 합니다.

十一月.

오래간만에 내 마음은

십일월
봉당 자리(흙바닥)에
아! 홑적삼 덮고 누워
임을 그리며 살아가는 나는
너무나 슬프구나.

- 고려가요 '동동' 중 十一月

화가 **모리스 위트릴로**

Maurice Utrillo. 1883~1955. 프랑스의 화가. 평생을 몽마르트 풍경과 파리의 외곽지역, 서민촌의 골목길을 그의 외로운 시정에 빗대어 화폭에 담았던 몽마르트를 대표하는 화가이다. 다작을 넘어 남작으로도 유명한데 유화만 3.000점이 넘는다. 인물화도 그리긴 했지만 5점 정도밖에 없고, 높은 평가를 받지는 못했다.

일찍이 이상할 정도로 음주벽을 보였고, 그것을 고치기 위해, 어머니와 의사의 권유에 따라 그림을 그리게 되었다. 그러나 음주벽은 고쳐지지 않아 입원을 거듭했다. 거의 독학했고 화단에서도 고립되었고, 애수에 잠긴 파리의 거리 등 신변의 풍경화를 수없이 그렸다. 음주와 난행과 싸우면서 제작한 백색시대 시절의 작품은, 오래된 파리의 거리 묘사에 흰색을 많이 사용하여 미묘한 해조(諧調)를 통하여 우수에 찬 시정(詩情)을 발휘하였다. 대표작으로 〈몽마르트르의 생 피에르 성당〉 등이 있다.

시인

윤동주 정지용 김영랑 윤곤강 변영로 이장희 장정심 박용철 심훈 오장환 노자영 미야자와 겐지 노자와 본초 무카이 교라이 야마구치 소도

Portrait of Wally Neuzil 1912

묻지 마오

장정심

웨 우는가? 묻지 마시오
나도 모르고 우는 울음이니
뉘라서 알 사람이 도모지 없이
울어야만 시원할 내 울음이오

웨 웃는가? 묻지 마시오
나도 모르게 공연히 기쁘니
참을 수 없는 웃음이기에
대답도 없이 웃었든 것이오

十一月一日

Cabaret Le Lapin Agile 1938

첫눈

심훈

눈이 내립니다, 첫눈이 내립니다.
삼승버선 엎어 신고 사뿟사뿟 내려앉습니다.
논과 들과 초가집 용마루 위에
배꽃처럼 흩어져 송이송이 내려앉습니다.

조각조각 흩날리는 눈의 날개는
내 마음을 고이 고이 덮어 줍니다.
소복 입은 아가씨처럼 치맛자락 벌리고
구석구석 자리를 펴고 들어앉습니다.

그 눈이 녹습니다, 녹아내립니다.
남몰래 짓는 눈물이 속으로 흘러들 듯
내 마음이 뜨거워 그 눈이 녹습니다.
추녀 끝에, 내 가슴 속에, 줄줄이 흘러내립니다.

二月二十七日

Single Houses(Houses with Mountain) 1915

이별

윤동주

눈이 오다 물이 되는 날
잿빛 하늘에 또 뿌연내, 그리고
크다란 기관차는 빼 – 액 – 울며,
조고만 가슴은 울렁거린다.

이별이 너무 재빠르다, 안타깝게도,
사랑하는 사람을,
일터에서 만나자 하고 –,
더운 손의 맛과 구슬 눈물이 마르기 전
기차는 꼬리를 산굽으로 돌렸다.

Snow over Montmartre

참새

윤동주

가을 지난 마당은 하이얀 종이
참새들이 글씨를 공부하지요.

째액째액 입으로 받아 읽으며
두 발로는 글씨를 연습하지요.

하로종일 글씨를 공부하여도
짹자 한자 밖에는 더 못쓰는 걸.

Woman in Dressing Gown 1913

달 좇아

조명희

이 밤의 저 달빛이 야릇이도
왜 그리 사람의 마음을 흔드는지
가없이 가없이 서리고 아파라.

아아, 나는 달의 울음을 좇아 한없이 가련다
가다가 지새는 달이 재를 넘기면
나도 그 재 위에 쓰러지리라.

十一月三日

A Street in a Suburb of Paris

가슴 2

윤동주

늦은 가을 쓰르래미
숲에 싸여 공포에 떨고,

웃음 웃는 흰 달 생각이
도망가오.

Standing Male Nude 1910

팔복(八福)

— 마태복음(福音) 오장(五章) 삼(三) — 십이(十二)

윤동주

슬퍼하는 자는 복이 있나니
슬퍼하는 자는 복이 있나니
슬퍼하는 자는 복이 있나니
슬퍼하는 자는 복이 있나니
슬퍼하는 자는 복이 있나니
슬퍼하는 자는 복이 있나니
슬퍼하는 자는 복이 있나니
슬퍼하는 자는 복이 있나니

저희가 영원(永遠)히 슬플 것이오.

十一月四日

Pontoise, l'Eperon Street and Street de la Coutellerie1914

사랑은

변영로

사랑은 겁 없는 가슴으로서
부드러운 님의 가슴에 건너 매여진
일렁일렁 흔들리는 실이니

사람이 목숨 가리지 않거든
그 흔들리는 실 끊어지기 전
저 편 언덕 건너가자.

二月二十四日

Prozession 1911

새벽이 올 때까지

윤동주

다들 죽어가는 사람들에게
검은 옷을 입히시오.

다들 살어가는 사람들에게
흰 옷을 입히시오.

그리고 한 침실(寢室)에
가즈런히 잠을 재우시오.

다들 울거들랑
젖을 먹이시오.

이제 새벽이 오면
나팔소리 들려 올 게외다.

十一月五日

Avenue de Versailles et la Tour Eiffel

첫겨울

오장환

감나무 상가지
하나 남은 연시를
가마귀가
찍어 가더니
오늘은 된서리가 내렸네
후라딱딱 훠이
무서리가 내렸네

Houses in Winter(View from The Studio) 1907~1908

기다리는 봄

윤곤강

지붕도 나무도 실개울도
죄다아 얼어붙은 밤과 밤
봄은 아득히 머언데
싸락눈이 혼자서 나리다 말다……
밤이 지새면 추녀 끝엔
수정 고드름이 두 자 석 자……
흉칙한 가마귀떼 울음소리와
울부짖는 된바람의 휘파람 뒤에
따스한 햇살이 푸른 하늘에 빛나
마침내 삼단같이 기인 햇살로
아침 해 둥두렷이 솟아오면,
장미의 술 속에 나비 벌 취하고
끊인 사람의 실줄은 맺어지리

十一月六日

The Debray Farm

독수리 집의
녹나무 마른 가지를
석양이 비껴가네

노자와 본초

Schiele's Room in Neulengbach 1911

그러나 잠시 뒤에 나는 고개를 들어,
허연 문창을 바라보든가 또 눈을 떠서 높은 턴정을 쳐다보는 것인데,
이때 나는 내 뜻이며 힘으로, 나를 이끌어 가는 것이 힘든 일인 것을 생각하고,
이것들보다 더 크고, 높은 것이 있어서, 나를 마음대로 굴려 가는 것을 생각하는 것인데,
이렇게 하여 여러 날이 지나는 동안에,
내 어지러운 마음에는 슬픔이며, 한탄이며, 가라앉을 것은 차츰 앙금이 되어 가라앉고,
외로운 생각만이 드는 때쯤 해서는,
더러 나줏손에 쌀랑쌀랑 싸락눈이 와서 문창을 치기도 하는 때도 있는데,
나는 이런 저녁에는 화로를 더욱 다가 끼며, 무릎을 꿇어 보며,
어니 먼 산 뒷옆에 바우섶에 따로 외로이 서서,
어두워 오는데 하이야니 눈을 맞을, 그 마른 잎새에는,
쌀랑쌀랑 소리도 나며, 눈을 맞을,
그 드물다는 굳고 정한 갈매나무라는 나무를 생각하는 것이었다.

十一月七日

Mont Cenis Street in The Snow

참회록

윤동주

파란 녹이 낀 구리 거울 속에
내 얼굴이 남아 있는 것은
어느 왕조(王朝)의 유물(遺物)이기에
이다지도 욕될까.

나는 나의 참회(懺悔)의 글을 한 줄에 줄이자.
—— 만 이십사년 일개월을 무슨 기쁨을 바라 살아 왔던가.

내일이나 모레나 그 어느 즐거운 날에
나는 또 한 줄의 참회록을 써야 한다.
—— 그때 그 젊은 나이에 왜 그런 부끄런 고백(告白)을 했던가.

밤이면 밤마다 나의 거울을
손바닥으로 발바닥으로 닦아 보자.

그러면 어느 운석(隕石) 밑으로 홀로 걸어가는
슬픈 사람의 뒷모양이
거울 속에 나타나 온다

Man Bending Down Deeply 1914

남신의주 유동 박시봉방(南新義州 柳洞 朴時逢方)

백석

어느 사이에 나는 아내도 없고, 또,
아내와 같이 살던 집도 없어지고,
그리고 살뜰한 부모며 동생들과도 멀리 떨어져서,
그 어느 바람 세인 쓸쓸한 거리 끝에 헤매이었다.
바로 날도 저물어서,
바람은 더욱 세게 불고, 추위는 점점 더해 오는데,
나는 어느 목수(木手)네 집 헌 샷을 깐,
한 방에 들어서 쥔을 붙이었다.
이리하여 나는 이 습내 나는 춥고, 누긋한 방에서,
낮이나 밤이나 나는 나 혼자라도 너무 많은 것같이 생각하며,
딜옹배기에 북덕불이라도 담겨 오면,
이것을 안고 손을 쬐며 재 우에 뜻없이 글자를 쓰기도 하며,
또 문 밖에 나가디두 않구 자리에 누어서,
머리에 손깍지벼개를 하고 굴기도 하면서,
나는 내 슬픔이며 어리석음이며를 소처럼 연하여 쌔김질하는 것이었다.
내 가슴이 꽉 메어 올 적이며,
내 눈에 뜨거운 것이 핑 괴일 적이며,
또 내 스스로 화끈 낯이 붉도록 부끄러울 적이며,
나는 내 슬픔과 어리석음에 눌리어 죽을 수밖에 없는 것을 느끼는 것이었다.

⇨ 뒷장에 계속

十一月八日

Suburban Street Scene

해후

박용철

그는 병난 시계같이 휘둥그래지며 멈칫 섰다.

Self Portrait in Lavender and Dark Suit, Standing 1914

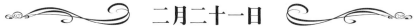

시계

권환

찬 빗방울이 탁탁 때린다
등불이 깜박깜박

품 속에서 나온 니켈 시계
내 체온같이 따뜻하구나

손바닥 위서 혼자 가거라
등불 밑에서 혼자 가거라

마지막 버스도 사라졌건만
기다리는 별은 뵈지 않네

가련다 검은 밤을 따라서
비 젖은 내 니켈 시계와 함께

Mother Catherine's Restaurant in Montmartre 1917

저녁때 외로운 마음

김영랑

저녁때 저녁때 외로운 마음
붙잡지 못하여 걸어다님을
누구라 불어주신 바람이기로
눈물을 눈물을 빼앗아가오

이것은 노상 왕(王)에게 들리어 주신 어머니의 말씀인데요.
왕(王)이 처음으로 이 세상(世上)에 올 때에는 어머니의 흘리신 피를 몸에다 휘감고 왔더랍니다.
그날에 동내(洞內)의 늙은이와 젊은이들은 모두 "무엇이냐"고 쓸데없는 물음질로 한창 바쁘게 오고 갈 때에도 어머니께서는 기꺼움보다도 아무 대답도 없이 속 아픈 눈물만 흘리셨답니다
발가숭이 어린 왕(王) 나도 어머니의 눈물을 따라서 발버둥질치며 "으아"소리쳐 울더랍니다.

그날밤도 이렇게 달 있는 밤인데요,
으스름달이 무리 서고 뒷동산에 부엉이 울음 울던 밤인데요,
어머니께서는 구슬픈 옛이야기를 하시다가요, 일없이 한숨을 길게 쉬시며 웃으시는 듯한 얼굴을 얼른 숙이시더이다.
왕(王)은 노상 버릇인 눈물이 나와서 그만 끝까지 섧게 울어 버렸소이다. 울음의 뜻은 도무지 모르면서도요.
어머니께서 조으실 때에는 왕(王)만 혼자 울었소이다.
어머니의 지우시는 눈물이 젖 먹는 왕(王)의 빰에 떨어질 때에면, 왕(王)도 따라서 시름없이 울었소이다.

열한 살 먹던 해 정월(正月) 열나흗날 밤, 맨잿더미로 그림자를 보러 갔을 때인데요, 명(命)이나 긴가 짧은가 보려고.
왕(王)의 동무 장난꾼 아이들이 심술스러웁게 놀리더이다. 모가지 없는 그림자라고요.
왕(王)은 소리쳐 울었소이다. 어머니께서 들으시도록 죽을까 겁이 나서요.
나무군의 산(山)타령을 따라가다가 건넛산(山) 비탈로 지나가는 상두군의 구슬픈 노래를 처음 들었소이다.

그 길로 옹달우물로 가자면 지름길로 들어서면은 찔레나무 가시덤불에서 처량히 우는 한 마리 파랑새를 보았소이다.
그래 철없는 어린 왕(王) 나는 동무라 하고 쫓아가다가 돌부리에 걸리어 넘어져서 무릎을 비비며 울었소이다.

할머니 산소 앞에 꽃 심으러 가던 한식(寒食)날 아침에
어머니께서는 왕(王)에게 하얀 옷을 입히시더이다.
그러고 귀밑머리를 단단히 땋아 주시며
"오늘부터는 아무쪼록 울지 말아라."
아아, 그때부터 눈물의 왕(王)은!

어머니 몰래 남모르게 속 깊은 소리 없이 혼자 우는 그것이 버릇이 되었소이다.
누우런 떡갈나무 우거진 산길로 허물어진 봉화(烽火) 둑 앞으로 쫓긴 이의 노래를 부르며 어슬렁거릴 때에, 바위 밑에 돌부처는 모른 체하며 감중련(坎中連) 하고 앉았더이다.
아아, 뒷동산 장군(將軍) 바위에서 날마다 자고 가는 뜬구름은 얼마나 많이 왕(王)의 눈물을 싣고 갔는지요.
나는 왕(王)이로소이다. 어머니의 외아들 나는 이렇게 왕(王)이로소이다.
그러나 그러나 눈물의 왕(王)! 이 세상(世上) 어느 곳에든지 설움 있는 땅은 모두 왕(王)의 나라로소이다.

十一月十日

Montmartre

초겨울
세찬 바람에도 지지 않고
흩날리는 초겨울비로구나

무카이 교라이

The Family 1918

나는 왕(王)이로소이다

홍사용

나는 왕(王)이로소이다. 나는 왕(王)이로소이다. 어머니의 가장 어여쁜 아들, 나는 왕(王)이로소이다. 가장 가난한 농군의 아들로서 그러나 시왕전(十王殿)에서도 쫓기어 난 눈물의 왕(王)이로소이다.

"맨 처음으로 내가 너에게 준 것이 무엇이냐?" 이렇게 어머니께서 물으시면은
"맨 처음으로 어머니께 받은 것은 사랑이었지요마는 그것은 눈물이더이다" 하겠나이다.
다른 것도 많지요마는.
"맨 처음으로 네가 나에게 한 말이 무엇이냐?" 이렇게 어머니께서 물으시면은
"맨 처음으로 어머니께 드린 말씀은 '젖 주세요' 하는 그 소리었지요마는,
그것은 '으아' 하는 울음이었나이다" 하겠나이다. 다른 말씀도 많지요마는.

⇨ 뒷장에 계속

十一月十一日

Rue De Crimea, Paris

흐르는 거리

윤동주

으스럼히 안개가 흐른다. 거리가 흘러간다. 저 전차(電車), 자동차(自動車), 모든 바퀴가 어디로 흘리워 가는 것일까? 정박(碇泊)할 아무 항구(港口)도 없이, 가련한 많은 사람들을 싣고서, 안개 속에 잠긴 거리는,

거리 모퉁이 붉은 포스트 상자를 붙잡고 섰을라면 모든 것이 흐르는 속에 어렴풋이 빛나는 가로등(街路燈), 꺼지지 않는 것은 무슨 상징(象徵)일까? 사랑하는 동무 박(朴)이여! 그리고 김(金)이여! 자네들은 지금 어디 있는가? 끝없이 안개가 흐르는데,

「새로운 날 아침 우리 다시 정(情)답게 손목을 잡어 보세」 몇 자(字) 적어 포스트 속에 떨어뜨리고, 밤을 새워 기다리면 금휘장(金徽章)에 금(金)단추를 삐었고 거인(巨人)처럼 찬란히 나타나는 배달부(配達夫), 아침과 함께 즐거운 내림(來臨),

이 밤을 하염없이 안개가 흐른다.

二月十九日

Portrait of Edith Schiele in a Striped Dress 1915

달도 보았으니
나는 세상에 대해
이만 말 줄임

가가노 지요니

十一月十二日

Square Tertre on Montmartre(Le Place du Tertre) 1910

달같이

윤동주

연륜이 자라듯이
달이 자라는 고요한 밤에
달같이 외로운 사랑이
가슴 하나 뻐근히
연륜처럼 피어 나간다.

二月十八日

Composition with Three Male Nudes 1910

목구(木具)

백석

오대(五代)나 내린다는 크나큰 집 다 찌그러진 들지고방 어득시근한 구석에서 쌀독과 말쿠지와 숫돌과 신뚝과 그리고 녯적과 또 열두 데석님과 친하니 살으면서

한 해에 멫 번 매연 지난 먼 조상들의 최방등 제사에는 컴컴한 고방 구석을 나와서 대멀머리에 외얏맹건을 지르터맨 늙은 제관의 손에 정갈히 몸을 씻고 교우 우에 모신 신주 앞에 환한 촛불 밑에 피나무 소담한 제상 위에 떡 보탕 식혜 산적 나물지짐 반봉 과일 들을 공손하니 받들고 먼 후손들의 공경스러운 절과 잔을 굽어보고 또 애끊는 통곡과 축을 귀에 하고 그리고 합문 뒤에는 흠향 오는 구신들과 호호히 접하는 것

구신과 사람과 넋과 목숨과 있는 것과 없는 것과 한 줌 흙과 한 점 살과 먼 녯조상과 먼 훗자손의 거륵한 아득한 슬픔을 담는 것

내 손자의 손자와 손자와 나와 할아버지와 할아버지의 할아버지와 할아버지의 할아버지의 할아버지와…… 수원백씨(水原白氏) 정주백촌(定州白村)의 힘세고 꿋꿋하나 어질고 정 많은 호랑이 같은 곰 같은 소 같은 피의 비 같은 밤 같은 달 같은 슬픔을 담는 것 아 슬픔을 담는 것

The House of Mimi Pinson at Montmartre 1931

겨울

정지용

빗방울 나리다 유리알로 굴러
한밤중 잉크빛 바다를 건너다.

二月十七日

Setting Sun 1913

산협(山峽)의 오후

윤동주

내 노래는 오히려
섫은 산울림.

골짜기 길에
떨어진 그림자는
너무나 슬프구나.

오후의 명상(暝想)은
아— 졸려.

十一月十四日

Farm on L'Ile d'Ouessant (Finistere) 1910~1911

싸늘한 이마

박용철

큰 어둠 가운데 홀로 밝은 불 켜고
앉아 있으면 모두 빼앗기는 듯한 외로움
한 포기 산꽃이라도 있으면 얼마나한
위로이랴

모두 빼앗기는 듯 눈덮개 고이 나리면
환한 온몸은 새파란 불 붙어 있는 인광(燐光)
까만 귀또리 하나라도 있으면 얼마나한
기쁨이랴

파란 불에 몸을 사루면 싸늘한 이마
맑게 트이여 기어가는 신경의 간지러움
기리는 별이라도 맘에 있다면 얼마나한
즐검이랴

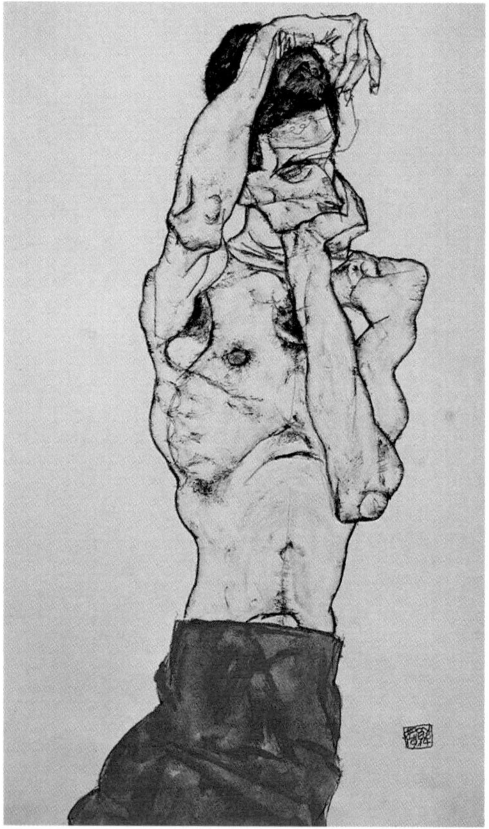

Standing Male Nude with a Red Loincloth 1914

십자가

윤동주

쫓아오던 햇빛인데
지금 교회당 꼭대기
십자가에 걸리었습니다.

첨탑(尖塔)이 저렇게도 높은데
어떻게 올라갈 수 있을까요.

종소리도 들려오지 않는데
휘파람이나 불며 서성거리다가,

괴로웠던 사나이
행복한 예수 그리스도에게
처럼
십자가가 허락된다면

모가지를 드리우고
꽃처럼 피어나는 피를
어두워가는 하늘 밑에
조용히 흘리겠습니다.

十一月十五日

Church- The Chartreuse of Neuville-Sous-Montreuil

비에도 지지 않고

미야자와 겐지

비에도 지지 않고
바람에도 지지 않고
눈에도 여름 더위에도 지지 않는
튼튼한 몸으로
욕심은 없이
결코 화내지 않으며
늘 조용히 웃고
하루에 현미 네 홉과
된장과 채소를 조금 먹고
모든 일에 자기 잇속을 따지지 않고
잘 보고 듣고 알고
그래서 잊지 않고
들판 소나무 숲 그늘 아래
작은 초가집에 살고
동쪽에 아픈 아이 있으면
가서 돌보아 주고
서쪽에 지친 어머니 있으면
가서 볏단 지어 날라 주고
남쪽에 죽어가는 사람 있으면
가서 두려워하지 말라 말하고
북쪽에 싸움이나 소송 있으면
별거 아니니 그만두라 말하고
가뭄 들면 눈물 흘리고
냉해 든 여름이면 허둥대며 걷고
모두에게 멍청이라고 불리는
칭찬도 받지 않고
미움도 받지 않는
그러한 사람이
나는 되고 싶다

Town End(Krumau House Bend III) 1913~1908

먼 타관에 난 그 두보나 이백 같은 이 나라의 시인도
이날은 그 어늬 한고향 사람의 주막이나 반관(飯館)을 찾어가서
그 조상들이 대대로 하든 본대로 원소(元宵)라는 떡을 입에 대며
스스로 마음을 느꾸어 위안하지 않었을 것인가
그러면서 이 마음이 맑은 녯 시인들은
먼 훗날 그들의 먼 훗자손들도
그들의 본을 따서 이날에는 원소를 먹을 것을
외로이 타관에 나서도 이 원소를 먹을 것을 생각하며
그들이 아득하니 슬펐을 듯이
나도 떡국을 놓고 아득하니 슬플 것이로다
아, 이 정월 대보름 명절인데
거리에는 오독독이 탕탕 터지고 호궁(胡弓)소리 삘뺄 높아서
내 쓸쓸한 마음엔 자꾸 이 나라의 녯 시인들이 그들의 쓸쓸한 마음들이 생각난다
내 쓸쓸한 마음은 아마 두보나 이백 같은 사람들의 마음인지도 모를 것이다
아무려나 이것은 녯투의 쓸쓸한 마음이다

十一月十六日

Lapin Agile 1910s

돌아와 보는 밤

윤동주

세상으로부터 돌아오듯이 이제 내 좁은 방에 돌아와 불을 끄옵니다. 불을 켜 두는 것은 너무나 피로롭은 일이옵니다. 그것은 낮의 연장(延長)이옵기에—

이제 창(窓)을 열어 공기(空氣)를 바꾸어 들여야 할 텐데 밖을 가만히 내다보아야 방(房)안과 같이 어두워 꼭 세상 같은데 비를 맞고 오던 길이 그대로 비 속에 젖어 있사옵니다.

하루의 울분을 씻을 바 없어 가만히 눈을 감으면 마음속으로 흐르는 소리, 이제, 사상(思想)이 능금처럼 저절로 익어 가옵니다.

二月十五日

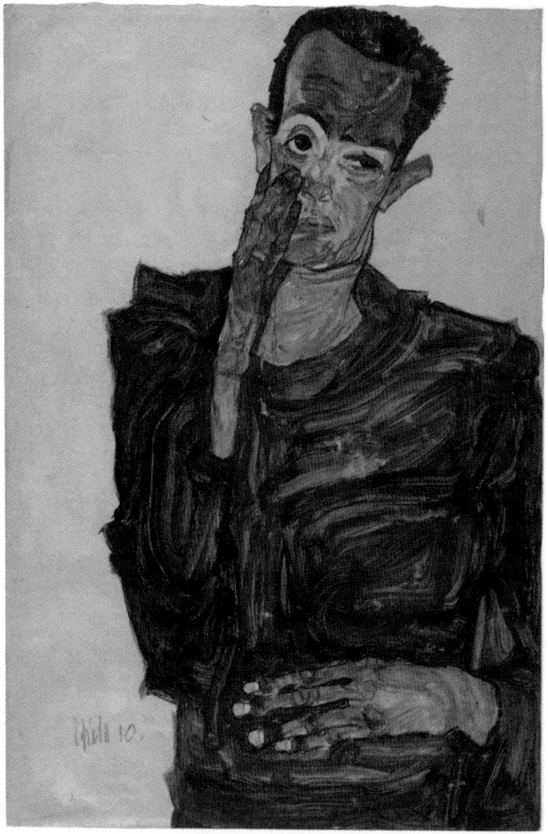

Self-Portrait With Eyelid Pulled Down 1910

두보나 이백같이

백석

오늘은 정월 보름이다
대보름 명절인데
나는 멀리 고향을 나서 남의 나라 쓸쓸한 객고에 있는 신세로다
녯날 두보나 이백 같은 이 나라의 시인도
먼 타관에 나서 이날을 맞은 일이 있었을 것이다
오늘 고향의 내 집에 있는다면
새 옷을 입고 새 신도 신고 떡과 고기도 억병 먹고
일가친척들과 서로 모여 즐거이 웃음으로 지날 것이연만
나는 오늘 때묻은 입든 옷에 마른물고기 한 토막으로
혼자 외로이 앉어 이것저것 쓸쓸한 생각을 하는 것이다
녯날 그 두보나 이백 같은 이 나라의 시인도
이날 이렇게 마른물고기 한 토막으로 외로이 쓸쓸한 생각을 한 적도 있었을 것이다
나는 이제 어늬 먼 외진 거리에 한고향 사람의 조고마한 가업집이 있는 것을 생각하고
이 집에 가서 그 맛스러운 떡국이라도 한 그릇 사먹으리라 한다
우리네 조상들이 먼먼 녯날로부터 대대로 이날엔 으레히 그러하며 오듯이

⇨ 뒷장에 계속

十一月十七日

Square Saint-Pierre in Montmartre 1908

꼭지 빠진 감
떨어지는 소리 듣는
깊은 산

야마구치 소도

二月十四日

Gerti in Front of Ocher-Colored Drapery 1910

홀로인 것은
나의 별이겠지
은하수 속에

고바야시 잇사

十一月十八日

Lapin Agile 1912

무서운 시간(時間)

윤동주

거 나를 부르는 것이 누구요,

가랑닢 입파리 푸르러 나오는 그늘인데,
나 아직 여기 호흡(呼吸)이 남아 있소.

한 번도 손들어 보지 못한 나를
손들어 표할 하늘도 없는 나를

어디에 내 한 몸 둘 하늘이 있어
나를 부르는 것이오.

일을 마치고 내 죽는 날 아츰에는
서럽지도 않은 가랑닢이 떠러질 텐데……

나를 부르지 마오.

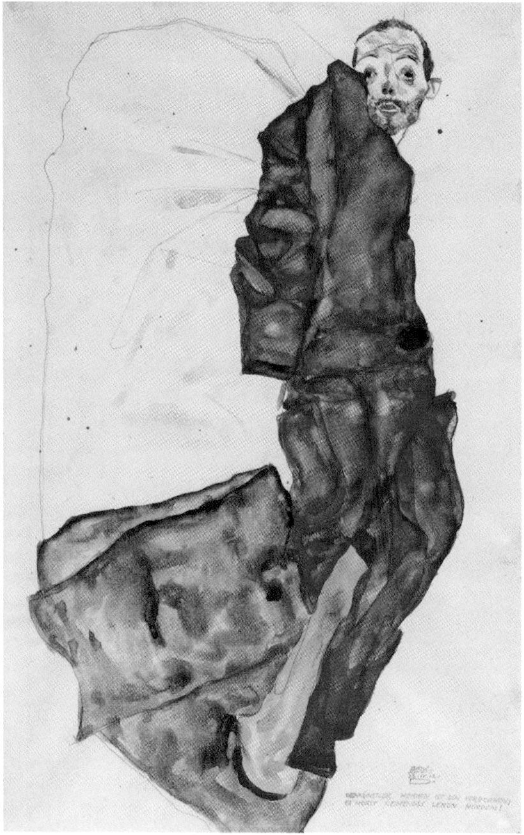

Hindering The Artist is a Crime, It is Murdering Life in The Bud 1912

비로봉

윤동주

만상을
굽어보기란 –

무릎이
오들오들 떨린다.

백화
어려서 늙었다.

새가
나비가 된다.

정말 구름이
비가 된다.

옷자락이
칩다.

十一月十九日

Saint-Leger Church, Soissons

새 한 마리

이장희

날마다 밤마다
내 가슴에 품겨서
아프다 아프다고 발버둥치는
가엾은 새 한 마리.

나는 자장가를 부르며
잠재우려 하지만
그저 아프다 아프다고
울기만 합니다.

어느덧 자장가도
눈물에 떨구요.

Two Little Girls 1911

또 인절미 송구떡 콩가루차떡의 내음새도 나고 끼때의 두부와 콩나물과 뽂은 잔디와 고사리와 도야지비계는 모두 선득선득하니 찬 것들이다

저녁술을 놓은 아이들은 외양간섶 밭마당에 달린 배나무동산에서 쥐잡이를 하고 숨굴막질을 하고 꼬리잡이를 하고 가마 타고 시집가는 놀음 말 타고 장가가는 놀음을 하고 이렇게 밤이 어둡도록 북적하니 논다
밤이 깊어가는 집안엔 엄매는 엄매들끼리 아르간에서들 웃고 이야기하고 아이들은 아이들끼리 웃간 한 방을 잡고 조아질하고 쌈방이 굴리고 바리깨돌림하고 호박떼기하고 제비손이구손이하고 이렇게 화디의 사기방등에 심지를 몇 번이나 돋구고 홍게닭이 몇 번이나 울어서 졸음이 오면 아릇목싸움 자리싸움을 하며 히드득거리다 잠이 든다 그래서는 문창에 텅납새의 그림자가 치는 아츰 시누이 동세들이 욱적하니 홍성거리는 부엌으론 샛문틈으로 장지문틈으로 무이징게국을 끓이는 맛있는 내음새가 올라오도록 잔다

Chaudoin House

백지편지

장정심

쓰자니 수다하고 안 쓰잔 억울하오
다 쓰지 못할 바엔 백지로 보내오니
호의로 읽어보시오 좋은 뜻만 씌웠소

二月十二日

Field Landscape(Kreuzberg near Krumau) 1910

여우난골족

백석

명절날 나는 엄매 아배 따라 우리집 개는 나를 따라 진할머니 진할아버지가 있는 큰집으로 가면

얼굴에 별자국이 솜솜 난 말수와 같이 눈도 껌벅거리는 하로에 베 한 필을 짠다는 벌 하나 건너 집엔 복숭아나무가 많은 신리(新理) 고무 고무의 딸 이녀(李女) 작은이녀
열여섯에 사십(四十)이 넘은 홀아비의 후처가 된 포족족하니 성이 잘 나는 살빛이 매감탕 같은 입술과 젖꼭지는 더 까만 예수쟁이마을 가까이 사는 토산(土山) 고무 고무의 딸 승녀(承女) 아들 승(承)동이
육십리(六十里)라고 해서 파랗게 뵈이는 산(山)을 넘어 있다는 해변에서 과부가 된 코끝이 빨간 언제나 흰옷이 정하든 말끝에 설게 눈물을 짤 때가 많은 큰골고무 고무의 딸 홍녀(洪女) 아들 홍(洪)동이 작은홍(洪)동이
배나무접을 잘하는 주정을 하면 토방돌을 뽑는 오리치를 잘 놓는 먼 섬에 반디젓 담그려 가기를 좋아하는 삼촌 삼촌엄매 사춘누이 사춘동생들이 그득히들 할머니 할아버지가 있는 안간에들 모여서 방안에서는 새 옷의 내음새가 나고

⇨ 뒷장에 계속

十一月二十一日

Rue Marcadet in Montmartre

황혼(黃昏)이 바다가 되어

윤동주

하루도 검푸른 물결에
흐느적 잠기고……잠기고……

저— 웬 검은 고기떼가
물든 바다를 날아 횡단(橫斷)할고.

낙엽(落葉)이 된 해초(海草)
해초(海草)마다 슬프기도 하오.

서창(西窓)에 걸린 해말간 풍경화(風景畵).
옷고름 너어는 고아(孤兒)의 설움.

이제 첫 항해(航海)하는 마음을 먹고
방바닥에 나뒹구오……뒹구오……

황혼(黃昏)이 바다가 되어
오늘도 수(數)많은 배가
나와 함께 이 물결에 잠겼을게오.

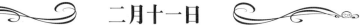

City on The Blue River(Krumau) 1910

모란봉에서

윤동주

앙당한 솔나무 가지에
훈훈한 바람의 날개가 스치고
얼음 섞인 대동강물에
한나절 햇발이 미끄러지다.

허물어진 성터에서
철모르는 여아들이
저도 모를 이국말로
재잘대며 뜀을 뛰고

난데없는 자동차가 밉다.

Moulin de la Galette, Montmartre 1926

홍시

정지용

어적게도 홍시 하나.
오늘에도 홍시 하나.

까마귀야. 까마귀야.
우리 남게 웨 앉었나.

우리 옵바 오시걸랑.
맛뵐라구 남겨 뒀다.

후락 딱 딱
훠이 훠이!

二月十日

Sunflowers 1911

오늘 오지 않으면
내일은 져버리겠지
매화꽃

다이구 료칸

Flowers 1940

추억

노자영

지나간 옛 자취를
더듬어 가다가
눈을 감고 잠에 빠지면

아, 옛일은 옛일은
꿈에까지 와서
이렇게도 나의 마음을
울려 주는가

꿈에 놀란 외로움이
눈을 뜨면
새벽닭이 우는 하늘 저편에
지새던 별이 눈물을 흘린다

Standing Girl in a Plaid Garment 1909

Portrait of a Woman 1910

슬픈 족속(族屬)

윤동주

흰 수건이 검은 머리를 두르고
흰 고무신이 거친 발에 걸리우다.

흰 저고리 치마가 슬픈 몸집을 가리고
흰 띠가 가는 허리를 질끈 동이다.

十一月二十四日

Le Moulin de la Galette et le Sacre-Coeur

흰 그림자

윤동주

황혼(黃昏)이 짙어지는 길모금에서
하루종일 시들은 귀를 가만히 기울이면
땅거미 옮겨지는 발자취소리,

발자취소리를 들을 수 있도록
나는 총명했던가요.

이제 어리석게도 모든 것을 깨달은 다음
오래 마음 깊은 속에
괴로워하던 수많은 나를
하나, 둘 제 고장으로 돌려보내면
거리 모퉁이 어둠속으로
소리 없이 사라지는 흰 그림자,
흰 그림자들
연연히 사랑하던 흰 그림자들,

내 모든 것을 돌려보낸 뒤
허전히 뒷골목을 돌아
황혼(黃昏)처럼 물드는 내 방으로 돌아오면

신념(信念)이 깊은 의젓한 양(羊)처럼
하루종일 시름없이 풀포기나 뜯자.

Seated Couple(Egon and Edith Schiele) 1915

사랑하는 까닭

한용운

내가 당신을 사랑하는 것은
까닭이 없는 것은 아닙니다.
다른 사람들은 나의 홍안만을 사랑하지만은
당신은 나의 백발도 사랑하는 까닭입니다.

내가 당신을 사랑하는 것은
까닭이 없는 것은 아닙니다.
다른 사람들은 나의 미소만을 사랑하지만은
당신은 나의 눈물도 사랑하는 까닭입니다.

내가 당신을 사랑하는 것은
까닭이 없는 것은 아닙니다.
다른 사람들은 나의 건강만을 사랑하지만은
당신은 나의 죽음도 사랑하는 까닭입니다.

十一月二十五日

Moulin de la Galette, Montmartre 1923

너의 그림자

박용철

하이얀 모래
가이없고

적은 구름 우에
노래는 숨었다

아지랑이 같이 아른대는
너의 그림자

그리움에
홀로 여위어간다

二月七日

Edith with Striped Dress, Sitting 1915

잠 놓친 밤

변영로

밤은 고요할 대로 고요한데
잠은 어이하여 오지를 않는지

새삼스레 걱정 더럭 됨이 있어선가
그도 꼭은 그렇지를 않건마는

딱딱이 두 차례째나 돌았어도
잠은 길 떠난 사람 같이 안 오아

아하 어이없이도 호젓하구나
내 마음은 사람 뫼다 헤진 빈 마당

아하 야릇하게도 괴괴하구나
가죽 밑 도는 피 소리 또렷키도 하네

활활 타는 두 눈 붙이고 누웠노라니
귓속에선 무엔지 잉 하고 운다.

그 무슨 소릴까 그 무슨 소릴까
옛날의 풍경 소리까지 새새 섞이나니

가라앉아라 내 어리고 어리석은 마음이어
오늘 밤은 뒤채고 잠 못 이루나

그 저녁이 오면 괴롬의 붉은 고운 놀 스러지고
꿈조차 섞이잖은 깊은 잠에 빠지리.

Eglise Saint-Severin

유리창 2

정지용

내어다 보니
아조 캄캄한 밤,
어험스런 뜰앞 잣나무가 자꼬 커올라간다.
돌아서서 자리로 갔다.
나는 목이 마르다.
또, 가까히 가
유리를 입으로 쫏다.
아아, 항 안에 든 금붕어처럼 갑갑하다.
별도 없다, 물도 없다, 쉬파람 부는 밤.
소증기선(小蒸汽船)처럼 흔들리는 창(窓).
투명(透明)한 보라ㅅ빛 누뤼알 아,
이 알몸을 끄집어내라, 때려라, 부릇내라.
나는 열(熱)이 오른다.
뺌은 차라리 연정(戀情)스레히
유리에 부빈다, 차디찬 입마춤을 마신다.
쓰라리, 알연히, 그싯는 음향(音響) —
머언 꽃!
도회(都會)에는 고흔 화재(火災)가 오른다.

Devotion 1913

못 잊어

김소월

못 잊어 생각이 나겠지요,
그런대로 한세상 지내시구려,
사노라면 잊힐 날 있으리다.

못 잊어 생각이 나겠지요.
그런대로 세월만 가라시구려,
못 잊어도 더러는 잊히오리다.

그러나 또한긋 이렇지요,
'그리워 살뜰히 못 잊는데,
어쩌면 생각이 떠지나요?'

Eglise, Rue Montalant Sous La Neige À Marizy Sainte-Genevieve (Aisne)

눈 오는 저녁

노자영

흰 눈이 밀행자(密行者)의 발자욱같이
수줍은 듯 사뿐사뿐 소리 곱게 내리네
송이마다 또렷또렷 내 옷 위에 은수(銀繡)를 놓으면서

아, 님의 마음 저 눈 되어 오시나이까?
알뜰이 고운 모습 님 마음 분명하듯
그 눈송이 머리에 이고 밤거리를 걸으리!
정말 님의 마음이시거던 밤이 새도록 내리거라

함박눈 송이송이 비단 무늬를 짜듯이
내 걷는 길을 하얗게 하얗게 꾸미시네
손에 받아 곱게 놓고 고개 숙일까?
이 마음에도 저 눈처럼 님이 오시라

밟기도 황송한 듯 눈을 감으면
바스락바스락 귓속말로 날 부르시나?
흰 눈은 송이마다 백진주를 내 목에 거네.

The Dancer Moa 1911

이월 햇발

변영로

가냘프게 가냘프게 퍼지는 이월(二月) 햇빛은
어느 딴 세상에서 내리는 그늘 같은데

오는 봄의 먼 치맛자락 끄는 소리는
가려는 「찬손님」의 무거운 신 끄는 소리인가.

十一月二十八日

Le Maquis de Montmartre 1948

멋 모르고

윤곤강

멋 모르고 사는 동안에
나는 어느새 반이나마 늙었네

야윈 가슴 쥐어뜯으며
나는 긴 한숨도 쉬었네

마지막 가는 앓는 사람처럼
외마디소리 질러도 보았네

보람 없이 살진대, 차라리
죽는 게 나은 줄 알기야 하지만

멋 모르고 사는 동안에
나는 어느새 반이나마 늙었네

二月四日

Death and The Maiden 1915

노래 - 내가 죽거든

크리스티나 로세티

내가 죽거든, 사랑하는 사람이여
날 위해 슬픈 노래를 부르지 마세요.
내 머리맡에 장미도 심지 말고
그늘진 삼나무도 심지 마세요.
내 위에 푸른 잔디를 펴지게 하여
비와 이슬에 젖게 해주세요.
그리고 마음이 내키시면 기억해주세요.

나는 사물의 그늘도 보지 못하고
비가 내리는 것조차 느끼지 못하리다.
슬픔에 잠긴 양 계속해서 울고 있는
나이팅게일의 울음소리도 듣지 못하리다.
날이 새거나 날이 저무는 일 없는
희미한 어둠 속에서 꿈꾸며
아마 나는 당신을 잊지 못하겠지요.
아니, 잊을지도 모릅니다.

La Place St. Pierre et le Sacre Coeur de Montmartre 1938

밤의 시름

윤곤강

오라는 사람도 없는 밤거리에 홀로 서면
먼지 묻은 어둠 속에 시름이 거미처럼 매달린다

아스팔트의 찬 얼굴에 이끼처럼 흰 눈이 깔리고
빌딩의 이마 위에 고드름처럼 얼어붙는 바람

눈물의 짠 갯물을 마시며 마시며 가면
흐미하게 켜지는 등불에 없는 고향이 보이고

등불이 그려 놓는 그림자 나의 그림자
흰 고양이의 눈길 위에 밤의 시름이 깃을 편다

Crescent of Houses(The Small City V) 1915

숨ㅅ기 내기

정지용

나 - ㄹ 눈 감기고 숨으십쇼.
잣나무 알암나무 안고 돌으시면
나는 샃샃이 찾어 보지요.

숨ㅅ기 내기 해종일 하며는
나는 슬어워진답니다.

슬어워지기 전에
파랑새 산양을 가지요.

떠나온 지 오랜 시골 다시 찾어
파랑새 산양을 가지요.

The Pink House in Montmartre 1916

별똥 떨어진 데

윤동주

밤이다.

하늘은 푸르다 못해 농회색으로 캄캄하나 별들만은 또렷또렷 빛난다.
침침한 어둠뿐만 아니라 오삭오삭 춥다.
이 육중한 기류 가운데 자조하는 한 젊은이가 있다.
그를 나라고 불러두자.

나는 이 어둠에서 배태되고 이 어둠에서 생장하여서 아직도 이 어둠 속에 그대로 생존하나보다.
이제 내가 갈 곳이 어딘지 몰라 허위적거리는 것이다.
하기는 나는 세기의 초점인 듯 초췌하다.
얼핏 생각하기에는 내 바닥을 반듯이 받들어 주는 것도 없고 그렇다고 내 머리를 갑자기 내려 누르는 아무것도 없는 듯하다마는 내막은 그렇지도 않다.
나는 도무지 자유스럽지 못하다.
다만 나는 없는 듯 있는 하루살이처럼 허공에 부유하는 한 점에 지나지 않는다. 이것이 하루살이처럼 경쾌하다면 마침 다행할 것인데 그렇지를 못하구나!

⇨ 뒷장에 계속

Two Boys 1910

아우의 인상화(印象畵)

윤동주

붉은 이마에 싸늘한 달이 서리어
아우의 얼굴은 슬픈 그림이다.

발걸음을 멈추어
살그머니 애띤 손을 잡으며

'늬는 자라 무엇이 되려니'
'사람이 되지'
아우의 설은 진정코 설은 대답이다.

슬며시 잡았던 손을 놓고
아우의 얼굴을 다시 들여다 본다.

싸늘한 달이 붉은 이마에 젖어
아우의 얼굴은 슬픈 그림이다.

이 점의 대칭 위치에 또 하나 다른 밝음의 초점이 도사리고 있는 듯 생각킨다. 덥석 움키었으면 잡힐 듯도 하다.

마는 그것을 휘잡기에는 나 자신이 순질(純質)이라는 것보다 오히려 내 마음에 아무런 준비도 배포치 못한 것이 아니냐. 그러고 보니 행복이란 별스런 손님을 불러들이기에도 또 다른 한 가닥 구실을 치르지 않으면 안 될까 보다.

이 밤이 나에게 있어 어릴 적처럼 한낱 공포의 장막인 것은 벌써 흘러 간 전설이오, 따라서 이 밤이 향락의 도가니라는 이야기도 나의 염원에선 아직 소화시키지 못할 돌덩이다. 오로지 밤은 나의 도전의 호적(好敵)이면 그만이다.

이것이 생생한 관념세계에만 머무른다면 애석한 일이다. 어둠 속에 깜박깜박 조을며 다닥다닥 나란히한 초가들이 아름다운 시의 화사(華詞)가 될 수 있다는 것은 벌써 지나간 제너레이션의 이야기요, 오늘에 있어서는 다만 말 못하는 비극의 배경이다.

이제 닭이 홰를 치면서 맵짠 울음을 뽑아 밤을 쫓고 어둠을 짓내몰아 동켠으로 훠언히 새벽이란 새로운 손님을 불러온다 하자. 하나 경망스럽게 그리 반가워할 것은 없다. 보아라, 가령 새벽이 왔다 하더라도 이 마을은 그대로 암담하고 나도 그대로 암담하고 하여서 너나 나나 이 가랑지길에서 주저 주저 아니치 못할 존재들이 아니냐.

나무가 있다.

그는 나의 오랜 이웃이요 벗이다. 그렇다고 그와 내가 성격이나 환경이나 생활이 공통한 데 있어서가 아니다. 말하자면 극단과 극단 사이에도 애정이 관통할 수 있다는 기적적인 교분의 표본에 지나지 못할 것이다.

나는 처음 그를 퍽 불행한 존재로 가소롭게 여겼다. 그의 앞에 설 때 슬퍼지고 측은한 마음이 앞을 가리곤 하였다. 마는 돌이켜 생각컨대 나무처럼 행복한 생물은 다시 없을 듯하다. 굳음에는 이루 비길 데 없는 바위에도 그리 탐탁치는 못할망정 자양분이 있다하거늘 어디로 간들 생의 뿌리를 박지 못하며 어디로 간들 생활의 불평이 있을소냐.

칙칙하면 솔솔 솔바람이 불어오고, 심심하면 새가 와서 노래를 부르다 가고, 촐촐하면 한 줄기 비가 오고, 밤이면 수많은 별들과 오손도손 이야기할 수 있고 — 보다 나무는 행동의 방향이란 거추장스런 과제에 봉착하지 않고 인위적으로든 우연으로서든 탄생시켜 준 자리를 지켜 무진무궁한 영양소를 흡취하고 영롱한 햇빛을 받아들여 손쉽게 생활을 영위하고 오로지 하늘만 바라고 뻗어질 수 있는 것이 무엇보다 행복스럽지 않으냐.

이 밤도 과제를 풀지 못하여 안타까운 나의 마음에 나무의 마음이 점점 옮아오는 듯하고, 행동할 수 있는 자랑을 자랑치 못함에 뼈저리듯 하나 나의 젊은 선배의 웅변이 왈 선배도 믿지 못할 것이라니 그러면 영리한 나무에게 나의 방향을 물어야 할 것인가.

어디로 가야 하느냐, 동이 어디냐, 서가 어디냐, 남이 어디냐, 아차! 저 별이 번쩍 흐른다. 별똥 떨어진 데가 내가 갈 곳인가 보다. 하면 별똥아! 꼭 떨어져야 할 곳에 떨어져야 한다.

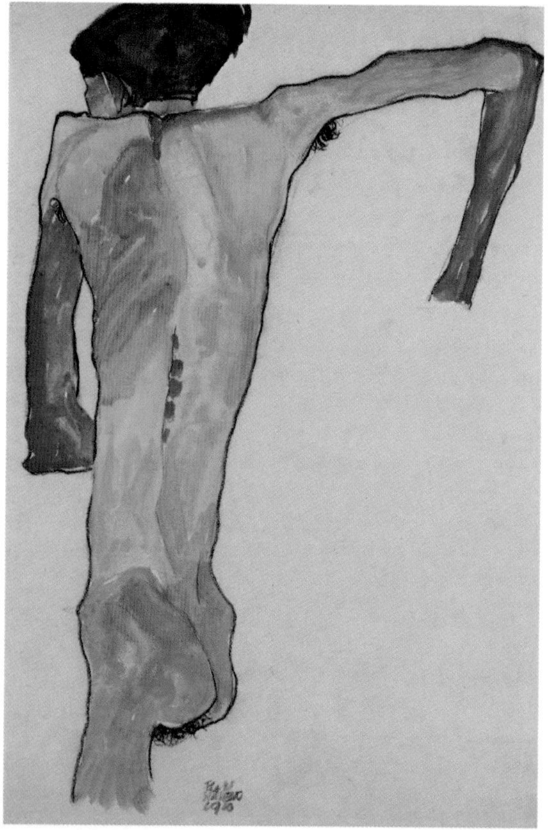
Male Nude 1910

길

윤동주

잃어 버렸습니다.
무얼 어디다 잃었는지 몰라
두 손이 주머니를 더듬어
길게 나아갑니다.

돌과 돌과 돌이 끝없이 연달아
길은 돌담을 끼고 갑니다.

담은 쇠문을 굳게 닫아
길 위에 긴 그림자를 드리우고
길은 아침에서 저녁으로
저녁에서 아침으로 통했습니다.

돌담을 더듬어 눈물 짓다
쳐다보면 하늘은 부끄럽게 푸릅니다.

풀 한포기 없는 이 길을 걷는 것은
담 저쪽에 내가 남아 있는 까닭이고,

내가 사는 것은, 다만,
잃은 것을 찾는 까닭입니다.

十二月.

편편이 흩날리는 저 눈송이처럼

십이월
분지나무로 깎은
아! 차려 올릴 소반의 젓가락 같구나.
님 앞에 들어 가지런히 놓으니
손님이 가져다 입에 뭅니다.

_고려가요 '동동' 중 十二月

화가 **칼 라르손**

Carl Larsson, 1853~1919. 스웨덴의 사실주의 화가이자 인테리어 디자이너. 열세 살 때 학교 선생님의 설득으로 스톡홀름 미술 아카데미(Stockholm Academy of Fine Arts)에 들어갔으며 1869년에는 엔티크 스쿨(antique school)에서 공부하였다. 이후 파리로 건너가 프랑스풍의 부드러운 빛깔로 두텁게 칠한 수채화 작품을 많이 그렸다. 1882년 파리 외곽에 있는 스칸디나비아 예술가들의 거주지 그레 쉬르 루앙(Grez-sur-Loing)에서 스웨덴 미술가 단체에 가입했다. 그곳에서 그는 장차 그의 아내가 될 미술가 카린 베르게를 만났다. 둘은 결혼해 여덟 명의 아이를 낳았고, 1888년 장인이 순트보른의 리틀 휘트네스에 마련해준 집으로 가족을 데리고 이사했다. 이 집을 예술가적인 취향으로 꾸며 그곳에서 가족들과 평화롭고 소박한 전원생활을 하였다. 작품도 전원생활을 주제로 한 아름답고 장식성이 강한 그림들을 그려 화제를 모았다. 작품을 통해 보여준 그의 개성은 스웨덴의 대표적인 가구 브랜드인 이케아(IKEA)의 정신적 모토가 되었고, 시대를 뛰어넘어 높은 예술성을 인정받고 있다. 대표작으로는 〈10월(October)〉(1882), 〈커다란 자작나무 아래서의 아침식사(Breakfast under the big birch)〉(1894~1899), 〈한겨울의 희생(Midwinter sacrifice)〉(1914~1915) 등이 잘 알려져 있다.

시인

윤동주 백석 김영랑 노자영 박용철 변영로 장정심 허민 황석우 한용운 이상 이상화 이용악 심훈 오장환 이병각 김상용 라이너 마리아 릴케 마쓰오 바쇼 요사 부손 이케니시 곤스이 야마구치 소도

二月.

나는 내 슬픔과 어리석음에 눌리어

이월 보름에
내 님은 높이 켠 등불 같아라.
만인 비치실 모습이로다.

- 고려가요 '동동' 중 二月

화가 **에곤 실레**

Egon Schiele, 1890~1918. 오스트리아의 화가. 클림트의 표현주의적인 스타일을 발전시켰다. 공포와 불안에 떠는 인간의 육체를 묘사하고, 성적인 욕망을 주제로 다루어 20세기 초, 빈에서 커다란 논란을 일으켰다. 〈죽음과 소녀〉는 실레의 걸작 중 하나로 꼽힌다. 구스타프 클림트의 친구이자 피후견인이었던 에곤 실레는 클림트의 표현주의적인 선들을 더욱 발전시켜 공포와 불안에 떠는 인간의 육체를 묘사하고, 자신의 성적인 욕망을 주제로 다뤘다. 한편 실레의 도시 풍경화들은 역동적이며, 인파로 넘쳐나는 도시 모습의 이면에는 어떤 긴장감이 감춰져 있음에도 불구하고 묘한 매력을 지니고 있다. 그가 그린 초상화들은 감정이입의 표현이 훌륭하며, 가장 뛰어난 초상화 작품들에 속한다. 실레는 빈 분리파에서 엄청난 성공을 거두었으며, 그해에 사망한 클림트의 자리를 이어받았다. 이 시기에 그는 곧 태어날 아기를 기다리며 아버지가 된다는 기대감으로 〈가족〉(1908)을 완성했다. 새롭게 발견한 희망을 보여주는 듯한 이 작품에서 실레와 아내, 아이는 모두 나체로 묘사되어 있으며 특히 인물들의 행복한 표정이 눈에 띈다. 하지만 같은 해 10월, 실레의 아내는 당시 유럽을 휩쓸던 스페인 독감에 걸려 사망했고, 아내와 배 속의 아기를 잃고 슬퍼하던 실레도 스페인 독감으로 3일 뒤에 세상을 떠났다.

시인

윤동주 백석 김소월 한용운 홍사용 권환 변영로 윤곤강 노자영 장정심 정지용 조명희 크리스티나 G. 로세티 다이구 료칸 고바야시 잇사 가가노 지요니

In The Snow 1910

편지

윤동주

누나!
이 겨울에도
눈이 가득히 왔습니다.

흰 봉투에
눈을 한줌 넣고
글씨도 쓰지 말고
우표도 붙이지 말고
말숙하게 그대로
편지를 부칠가요?

누나 가신 나라엔
눈이 아니 온다기에.

Vetheuil 1901

언덕

박인환

연 날리든 언덕
너는 떠나고
지금 구름 아래
연을 따른다
한 바람 두 바람
실은 풀리고
연이 떠러지는 곳
너의 잠든 곳

꽃이 지니
비가 오며 바람이 일고
겨울이니
언덕에는 눈이 싸여서
누구 하나 오지 안어
네 생각하며
연이 떠러진 곳
너를 찾는다

The Yard And Wash-House 1895

호주머니

윤동주

넣을 것 없어
걱정이던
호주머니는,

겨울만 되면
주먹 두 개 갑북갑북.

The Valley of The Nervia 1884

산상(山上)

윤동주

거리가 바둑판처럼 보이고,
강물이 배암의 새끼처럼 기는
산 위에까지 왔다.
아직쯤은 사람들이
바둑돌처럼 버려 있으리라.

한나절의 태양이
함석지붕에만 비치고,
굼벵이 걸음을 하는 기차가
정거장에 섰다가 검은 내를 토하고
또 걸음발을 탄다.

텐트 같은 하늘이 무너져
이 거리 덮을까 궁금하면서
좀더 높은 데로 올라가고 싶다.

十二月三日

Girls Sewing by The Window 1913

내 마음을 아실 이

김영랑

내 마음을 아실 이
내 혼자 마음 날같이 아실 이
그래도 어데나 계실 것이면
내 마음에 때때로 어리우는 티끌과
속임 없는 눈물의 간곡한 방울방울
푸른 밤 고이 맺는 이슬 같은 보람을
보밴 듯 감추었다 내어드리지.
아! 그립다.
내 혼자 마음 날같이 아실 이
꿈에나 아득히 보이는가.
향 맑은 옥돌에 불이 달어
사랑은 타기도 하오련만
불빛에 연긴 듯 희미론 마음은
사랑도 모르리 내 혼자 마음은.

Haystacks(Effect of Snow and Sun) 1891

눈은 내리네

이장희

이 겨울의 아침을
눈은 내리네.

저 눈은 너무 희고
저 눈의 소리 또한 그윽함으로
내 이마를 숙이고 빌까 하노라.

님이어 설은 빛이
그대의 입술을 물들이나니
그대 또한 저 눈을 사랑하는가.

눈은 내리어
우리 함께 빌 때러라.

十二月四日

나와 나타샤와 흰당나귀

백석

The Timber Chute, Winter Scene from 'A Home' Series 1895

가난한 내가
아름다운 나타샤를 사랑해서
오늘밤은 푹푹 눈이 나린다

나타샤를 사랑은 하고
눈은 푹푹 날리고
나는 혼자 쓸쓸히 앉어 소주(燒酒)를 마신다
소주를 마시며 생각한다
나타샤와 나는
눈이 푹푹 쌓이는 밤 흰 당나귀 타고
산골로 가자 출출이 우는 깊은 산골로 가 마가리에 살자

눈은 푹푹 나리고
나는 나타샤를 생각하고
나타샤가 아니 올 리 없다
언제 벌써 내 속에 고조곤히 와 이야기한다
산골로 가는 것은 세상에 지는 것이 아니다
세상 같은 건 더러워 버리는 것이다

눈은 푹푹 나리고
아름다운 나타샤는 나를 사랑하고
어데서 흰 당나귀도 오늘밤이 좋아서 응앙응앙 울을 것이다

Coming into Giverny in The Snow 1885

추억(追憶)

윤곤강

하늘 위에
별떼가 얼어붙은 밤,

너와 나 단둘이
오도도 떨면서
싸늘한 밤거리를
말도 없이 걷던 생각,

지금은
한낱 애달픈 기억뿐!

기억(記憶)에는
세부(細部)의 묘사(描寫)가 없다더라

十二月五日

Woodcutters in The Forest 1906

도끼질하다가
향내에 놀라도다
겨울나무 숲

요사 부손

一月二十七日

Sandvika, Norway 1895

눈

윤동주

지난밤에
눈이 소오복이 왔네

지붕이랑
길이랑 밭이랑
추워한다고
덮어주는 이불인가 봐

그러기에
추운 겨울에만 나리지

Brita's Forty Winks from a Home 1899

눈 오는 지도(地圖)

윤동주

순이(順伊)가 떠난다는 아침에 말 못할 마음으로 함박눈이 나려, 슬픈 것처럼 창(窓)밖에 아득히 깔린 지도(地圖) 위에 덮힌다. 방(房)안을 돌아다보아야 아무도 없다. 벽(壁)이나 천정(天井)이 하얗다. 방(房) 안에까지 눈이 나리는 것일까, 정말 너는 잃어버린 역사(歷史)처럼 홀홀이 가는 것이냐, 떠나기 전(前)에 일러둘 말이 있던 것을 편지를 써서도 네가 가는 곳을 몰라 어느 거리, 어느 마을, 어느 지붕밑, 너는 내 마음속에만 남아 있는 것이냐, 네 쪼고만 발자욱을 눈이 자꾸 나려 덮여 따라 갈 수도 없다. 눈이 녹으면 남은 발자욱 자리마다 꽃이 피리니 꽃 사이로 발자욱을 찾아 나서면 일년(一年) 열두 달 하냥 내 마음에는 눈이 나리리라.

On The Boat 1887

월광(月光)

권환

달빛이 푸르고 밝으니
어머니의 하 —— 얀 머리털
흰 백합화같이 아름다웠다

Brita as Iduna(Iðunn) 1901

그럼 안녕
눈 구경하러 갔다 오겠네
넘어지는 데까지

마쓰오 바쇼

Auguste Renoir 1872

3
얼어붙은 바다에 쇄빙선같이 어둠을
헤쳐나가는 너.
약한 정 뿌리쳐 떼고 다만 밝음을
찾어가는 그대.
부서진다 놀래랴 두 줄기 궤도를
타고 달리는 너.
죽음이 무서우랴 힘 있게 사는 길을
바로 닫는 그대.
실어가는 너 실려가는 그대 그저 아득하여라.

4
이제 아득한 겨울이면 머지 못할 봄날을
나는 바라보자.
봄날같이 웃으며 달려들 그의 기차를
나는 기다리자.
'잊는다' 말인들 어찌 차마! 이대로 웃기를
나는 배워보자.
하다가는 험한 길 헤쳐가는 그의 걸음을
본받어도 보자.
마침내는 그를 따르는 사람이라도 되어보리라.

十二月八日

When The Children Have Gone To Bed 1895

눈 밤

심훈

소리 없이 내리는 눈, 한 치, 두 치 마당 가뜩 쌓이는 밤엔
생각이 길어서 한 자외다, 한 길이외다.
편편이 흩날리는 저 눈송이처럼
편지나 써서 온 세상에 뿌렸으면 합니다.

Arrival of The Normandy Train, Gare Saint-Lazare 1877

밤기차에 그대를 보내고

박용철

1
온전한 어둠 가운데 사라져버리는
한낱 촛불이여.
이 눈보라 속에 그대 보내고 돌아서 오는
나의 가슴이여.
쓰린 듯 비인 듯한데 뿌리는 눈은
들어 안겨서
발마다 미끄러지기 쉬운 걸음은
자취 남겨서.
머지도 않은 앞이 그저 아득하여라.

2
밖을 내여다보려고 무척 애쓰는
그대도 설으렸다.
유리창 검은 밖에 제 얼굴만 비쳐 눈물은
그렁그렁하렸다.
내 방에 들면 구석구석이 숨겨진 그 눈은
내게 웃으렸다.
목소리 들리는 듯 성그리는 듯 내 살은
부대끼렸다.
가는 그대 보내는 나 그저 아득하여라.

⇨ 뒷장에 계속

Dagmar Grill 1909

이런 시(時)

이상

역사를하노라고땅을파다가커다란돌을하나끄집어내어놓고보니도무지어디서인가본듯한생각이들게모양이생겼는데목도들이그것을메고나가더니어디다갖다버리고온모양이길래쫓아나가보니위험하기짝이없는큰길가더라.

그날밤에한소나기하였으니필시그돌이깨끗이씻겼을터인데그이튿날가보니까변괴로다간데온데없더라. 어떤돌이와서그돌을업어갔을까나는참이런처량한생각에서아래와같은작문을지었도다.

「내가그다지사랑하던그대여내한평생에차마그대를잊을수없소이다. 내차례에못올사랑인줄은알면서도나혼자는꾸준히생각하리다. 자그러면내내어여쁘소서」

어떤돌이내얼굴을물끄러미치어다보는것만같아서이런시는그만찢어버리고싶더라.

The Luncheon 1868

탕약

백석

눈이 오는데
토방에서는 질화로 우에 곱돌탕관에 약이 끓는다
삼에 숙변에 목단에 백복령에 산약에
택사의 몸을 보한다는 육미탕이다
약탕관에서는 김이 오르며 달큼한 구수한 향기로운
내음새가 나고
약이 끓는 소리는 삐삐 즐거웁기도 하다

그리고 다 달인 약을 하이얀 약사발에 밭어놓은 것은
아득하니 깜하여 만년 녯적이 들은 듯한데
나는 두 손으로 고이 약그릇을 들고
이 약을 내인 녯사람들을 생각하노라면
내 마음은 끝없이 고요하고 또 맑어진다

Study for Rokoko 1888

사랑과 잠

황석우

잠은 사랑과 같이 사람의 눈으로부터 든다
그러나 사랑은 사람의 눈동자로부터도 적발로 살그머니 들어가고
잠은 사람의 눈꺼풀로부터 공연(公然)하게 당당(堂堂)히 들어간다
그럼으로 사랑은 좀도적의 소인(小人), 잠은 군자(君子)!
또 그들의 달은 곳은 사랑은 사람의 마음 가운데 들고
잠은 사람의 몸 가운데 들어간다
그리고 사랑의 맛은 달되 체(滯)하기 쉽고
잠의 맛은 담담(淡淡)하야 탈남이 없다

一月二十三日

Argenteuil 1872

그리워

정지용

그리워 그리워 돌아와도
그리던 고향은 어디러뇨

동녘에 피어 있는 들국화 웃어주는데
마음은 어디고 붙일 곳 없어
먼 하늘만 바라보노라

눈물도 웃음도 흘러간 옛 추억
가슴 아픈 그 추억 더듬지 말자
내 가슴엔 그리움이 있고
나의 웃음도 연륜에 사라졌나니
내 그것만 가지고 가노라

그리워 그리워
그리워 찾아와도 고향은 없어
진종일 진종일 언덕길 헤매다 가네

十二月十一日

Lisbeth Reading 1904

둘이서 본 눈
올해에도 그렇게
내렸을까

마쓰오 바쇼

Morning on The Seine near Giverny 1897

호수

정지용

얼굴 하나야
손바닥 둘로
폭 가리지만,

보고 싶은 마음
호수(湖水)만 하니
눈 감을밖에.

十二月十二日

My Oldest Daughter / Suzanne with Milk and Beech 1904

명상(瞑想)

윤동주

가츨가츨한 머리칼은 오막살이 처마끝,
쉬파람에 콧마루가 서운한 양 간질키오.

들창 같은 눈은 가볍게 닫혀
이 밤에 연정은 어둠처럼 골골히 스며드오.

一月二十一日

The Red Kerchief 1868~1873

생시에 못 뵈올 님을

변영로

생시에 못 뵈올 님을 꿈에나 뵐까 하여
꿈 가는 푸른 고개 넘기는 넘었으나
꿈조차 흔들리우고 흔들리어
그립던 그대 가까울 듯 멀어라.

아, 미끄럽지 않은 곳에 미끄러져
그대와 나 사이엔 만리가 격했어라.
다시 못 뵈올 그대의 고운 얼굴
사라지는 옛 꿈보다도 희미하여라.

十二月十三日

Flowers on The Windowsill 1894

꿈 깨고서

한용운

님이면 나를 사랑하련마는
밤마다 문 밖에 와서 발자취 소리만 내이고
한 번도 돌아오지 아니하고 도로 가니
그것이 사랑인가요.
그러나 나는 발자취나마 님의 문 밖에 가 본 적이 없습니다.
아마 사랑은 님에게만 있나 봐요.

아아, 발자국 소리가 아니더면
꿈이나 아니 깨었으련마는
꿈은 님을 찾아가려고 구름을 탔었어요.

Madame Monet Embroidering 1875

그런데 또 이즈막하야 어늬 사이엔가
이 흰 바람벽엔
내 쓸쓸한 얼골을 쳐다보며
이러한 글자들이 지나간다
——나는 이 세상에서 가난하고 외롭고 높고 쓸쓸하니
　　살어가도록 태어났다
　　그리고 이 세상을 살어가는데
　　내 가슴은 너무도 많이 뜨거운 것으로 호젓한 것으로
　　사랑으로 슬픔으로 가득 찬다
그리고 이번에는 나를 위로하는 듯이 나를 울력하는 듯이
눈질을 하며 주먹질을 하며 이런 글자들이 지나간다
——하늘이 이 세상을 내일 적에 그가 가장 귀해하고 사랑하는
　　것들은 모두 가난하고 외롭고 높고 쓸쓸하니 그리고 언제나
　　넘치는 사랑과 슬픔 속에 살도록 만드신 것이다
　　초생달과 바구지꽃과 짝새와 당나귀가 그러하듯이
　　그리고 또 '프랑시쓰 쨈'과 도연명과 '라이넬 마리아 릴케'가
　　그러하듯이

十二月十四日

Father and Mother and Child 1906

창 구멍

윤동주

바람 부는 새벽에 장터 가시는
우리 아빠 뒷자취 보고 싶어서
춤을 발라 뚫어논 작은 창구멍
아롱 아롱 아침해 비치웁니다.

눈 나리는 저녁에 나무 팔러간
우리 아빠 오시나 기다리다가
혀끝으로 뚫어논 작은 창구멍
살랑 살랑 찬바람 날아듭니다.

一月二十日

Snow Effect at Argenteuil 1874~1875

흰 바람벽이 있어

백석

오늘 저녁 이 좁다란 방의 흰 바람벽에
어쩐지 쓸쓸한 것만이 오고 간다
이 흰 바람벽에
희미한 십오촉 전등이 지치운 불빛을 내어던지고
때글은 다 낡은 무명샤쯔가 어두운 그림자를 쉬이고
그리고 또 달디단 따끈한 감주나 한잔 먹고 싶다고
생각하는 내 가지가지 외로운 생각이 헤매인다
그런데 이것은 또 어인 일인가
이 흰 바람벽에
내 가난한 늙은 어머니가 있다
내 가난한 늙은 어머니가
이렇게 시퍼러둥둥하니 추운 날인데 차디찬 물에
손은 담그고 무이며 배추를 씻고 있다
또 내 사랑하는 사람이 있다
내 사랑하는 어여쁜 사람이
어늬 먼 앞대 조용한 개포가의 나즈막한 집에서
그의 지아비와 마조 앉어 대구국을 끓여놓고 저녁을 먹는다
벌써 어린것도 생겨서 옆에 끼고 저녁을 먹는다

⇨ 뒷장에 계속

Portrait of Mrs. Signe Thiel Thielska 1900

이별을 하느니

이상화

어쩌면 너와 나 떠나야겠으며 아무래도 우리는 나뉘야겠느냐
남몰래 사랑하는 우리 사이에 남몰래 이별이 올 줄은 몰랐어라

꼭두로 오르는 정열에 가슴과 입설이 떨어 말보다 숨결조차 못 쉬노라
오늘밤 우리 둘의 목숨이 꿈결같이 보일 애타는 네 맘 속을 내 어이 모르랴

애인아 하늘을 보아라 하늘이 까라졌고 땅을 보아라 땅이 꺼졌도다
애인아 내 몸이 어제같이 보이고 네 몸도 아직 살아서 내 곁에 앉았느냐

어쩌면 너와 나 떠나야겠으며 아무래도 우리는 나뉘야겠느냐
우리 둘이 나뉘어 생각하며 사느니보다 차라리 바라보며 우리 별이 되자

사랑은 흘러가는 마음 위에서 웃고 있는 가벼운 갈대꽃 인가
때가 오면 꽃송이는 고와지고 때가 가면 떨어지고 썩고 마는가?

님의 기림에서만 믿음을 얻고 님의 미움에서는 외로움만 받을 너이었더냐?
행복을 찾아선 비웃음도 모르는 인간이면서 이 고행을 싫어할 나이었더냐?

⇨ 뒷장에 계속

一月十九日

The Customs House at Varengeville 1897

햇빛 · 바람

윤동주

손가락에 침발러
쏘옥, 쏙, 쏙,
장에 가는 엄마 내다보려
문풍지를
쏘옥, 쏙, 쏙,
아침에 햇빛이 반짝,
손가락에 침발러
쏘옥, 쏙, 쏙,
장에 가신 엄마 돌아오나
문풍지를
쏘옥, 쏙, 쏙,
저녁에 바람이 솔솔.

Self Portrait 1906

애인아 물에다 물탄 듯 서로의 사이에 경계가 없던 우리 마음 위로
애인아 검은 그림자가 오르락나리락 소리도 없이 어른거리도다

남몰래 사랑하는 우리 사이에 우리 몰래 이별이 올 줄은 몰랐어라
우리 둘이 나뉘어 사람이 되느니 피울음 우는 두견이 되자

오려므나 더 가까이 내 가슴을 안으라 두 마음 한 가락으로 얼어 보고 싶다
자그마한 부끄럼과 서로 아는 믿음 사이로 눈 감고 오는 방임(放任)을 맞이하자

아주 주름잡힌 네 얼굴 이별이 주는 애통이냐? 이별을 쫓고 내게로 오너라
상아의 십자가 같은 네 허리만 더위잡는 내 팔 안으로 달려만 오너라

애인아 손을 다오 어둠 속에도 보이는 납색의 손을 내 손에 쥐어다오
애인아 말해다오 벙어리 입이 말하는 침묵의 말을 내 눈에 일러다오

어쩌면 너와 나 떠나야겠으며 아무래도 우리는 나뉘야겠느냐?
우리 둘이 나뉘어 미치고 마느니 차라리 바다에 빠져 두 마리 인어로나 되어서 살까

Poplars(Wind Effect) 1891

그때

장정심

내가 당신을 기다릴 때마다
지체 말고 오시라 했지오
내가 당신을 부를 때마다
곧 대답하고 오시라 했지오

그러나 당신이 오셨을 때는
기다리다 못해 지친 때입니다
그러나 당신이 오셨을 때는
대답이 없어 돌아갈 때이였읍니다

내가 꽃밭에 물을 줄 때
그때는 봄날이였읍니다
내가 뜰 아레 눈을 쓸 때
그때는 겨울날이였읍니다

그러나 당신이 오셨을 때는
낙엽이 떨어지던 때요
그러나 당신이 오셨을 때는
장마가 졌을 때이였읍니다

Revelation 1917

당신에게

장정심

당신에게 노래를 청할 수 있다면
들일락 말락 은은 소리로
우리 집 창밖에 홀로 와서
내 귀에 가마니 속삭여 주시오

당신에게 웃음을 청할 수 있다면
꿈인 듯 생신 듯 연연한 음조로
봉오리 꽃같이 고은 웃음
괴롭든 즐겁든 늘 웃어 주시오

당신에게 침묵을 청할 수 있다면
우리가 전일 화원에 앉어서
말없이 즐겁게 침묵하던
그 침묵 또다시 보내어 주시오

당신에게 무엇을 청할지라도
거절 안 하실 터이오니
사랑의 그 마음 고이 싸서
만나는 그날에 그대로 주시오

The Beach at Sainte-Adresse 1867

난(蘭)이라는 이는 명정(明井)골에 산다든데
명정(明井)골은 산을 넘어 동백(冬栢)나무 푸르른 감로(甘露)
같은 물이 솟는 명정(明井) 샘이 있는 마을인데
샘터엔 오구작작 물을 긷는 처녀며 새악시들 가운데 내가 좋
아하는 그이가 있을 것만 같고
내가 좋아하는 그이는 푸른 가지 붉게붉게 동백꽃 피는 철엔
타관 시집을 갈 것만 같은데
긴 토시 끼고 큰머리 얹고 오불고불 넘엣거리로 가는 여인은
평안도(平安道)서 오신 듯한데 동백꽃 피는 철이 그 언제요

녯 장수 모신 낡은 사당의 돌층계에 주저앉어서 나는 이 저녁
울 듯 울 듯 한산도(閑山島) 바다에 뱃사공이 되어가며
녕 낮은 집 담 낮은 집 마당만 높은 집에서 열나흘 달을 업고
손방아만 찧는 내 사람을 생각한다

十二月十七日

Lisbeth with Yellow Tulip 1894

하염없는 바람의 노래

박용철

나는 세상에
즐거움 모르는
바람이로라
너울거리는
나비와 꽃잎 사이로
속살거리는
입술과 입술 사이로
거저 불어지나는
마음없는 바람이로라

나는 세상에
즐거움 모르는
바람이로라
땅에 엎드린 사람
등에 땀을 흘리는 동안
쇠를 다지는 마치의
올랐다 나려지는 동안
흘깃 스쳐지나는
하염없는 바람이로라

나는 세상에
즐거움 모르는
바람이로라
누른 이삭은
고개 숙이어 가지런하고
빨간 사과는
산기슭을 단장한 곳에
한숨같이 옮겨가는
얻음없는 바람이로라

나는 세상에
즐거움 모르는
바람이로라
잎 벗은 가지는
소리없이 떨어 울고
검은 가마귀
넘는 해를 마저 지우는 제
자취없이 걸어가는
느낌없는 바람이로라

아 — 세상에
마음 끌리는 곳 없어
호올로 일어나다
스스로 사라지는
즐거움 없는
바람이로다.

Woman with a Parasol, Madame Monet and Her Son 1875

통영(統營)

백석

구마산(舊馬山)의 선창에선 좋아하는 사람이 울며 나리는 배에
올라서 오는 물길이 반날
갓 나는 고당은 갓갓기도 하다

바람맛도 짭짤한 물맛도 짭짤한

전복에 해삼에 도미 가재미의 생선이 좋고
파래에 아개미에 호루기의 젓갈이 좋고

새벽녘의 거리엔 쾅쾅 북이 울고
밤새껏 바다에선 뿡뿡 배가 울고

자다가도 일어나 바다로 가고 싶은 곳이다

집집이 아이만한 피도 안 간 대구를 말리는 곳
황화장사 령감이 일본말을 잘도 하는 곳
처녀들은 모두 어장주(漁場主)한테 시집을 가고 싶어한다는 곳
산 너머로 가는 길 돌각담에 갸웃하는 처녀는 금(錦)이라는 이 같고
내가 들은 마산(馬山) 객주(客主)집의 어린 딸은 난(蘭)이라는 이 같고

⇨ 뒷장에 계속

十二月十八日

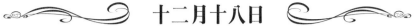

Toys In The Corner 1887

그리움

이용악

눈이 오는가 북쪽엔
함박눈 쏟아져 내리는가

험한 벼랑을 굽이굽이 돌아간
백무선 철길 우에
느릿느릿 밤새워 달리는
화물차의 검은 지붕에

연달린 산과 산 사이
너를 남기고 온
작은 마을에도 복된 눈 내리는가

잉크병 얼어드는 이러한 밤에
어쩌자고 잠을 깨어
그리운 곳 차마 그리운 곳

눈이 오는가 북쪽엔
함박눈 쏟아져 내리는가

一月十六日

Jerusalem Artichoke Flowers 1880

색깔도 없던
마음을 그대의 색으로
물들인 후로
그 색이 바래는 것은
생각할 수도 없어라

기노 쓰라유키

Portrait Of The Artist's Father 1903

고야(古夜)

백석

아배는 타관 가서 오지 않고 산비탈 외따른 집에 엄매와 나와
단둘이서 누가 죽이는 듯이 무서운 밤 집 뒤로는 어늬 산골짜기에
서 소를 잡어먹는 노나리꾼들이 도적놈들같이 쿵쿵거리며 다닌다

날기멍석을 져간다는 닭보는 할미를 차 굴린다는 땅아래 고래 같
은 기와집에는 언제나 니차떡에 청밀에 은금보화가 그득하다는 외
발 가진 조마구 뒷산 어늬메도 조마구네 나라가 있어서 오줌 누러
깨는 재밤 머리맡의 문살에 대인 유리창으로 조마구 군병의 새까만
대가리 새까만 눈알이 들여다보는 때 나는 이불속에 자즈러붙어 숨
도 쉬지 못한다

또 이러한 밤 같은 때 시집갈 처녀 막내고무가 고개너머 큰집으로
치장감을 가지고 와서 엄매와 둘이 소기름에 쌍심지의 불을 밝히
고 밤이 들도록 바느질을 하는 밤 같은 때 나는 아릇목의 삿귀를 들
고 쇠든밤을 내여 다람쥐처럼 밝어먹고 은행여름을 인두 불에 구어
도 먹고 그러다는 이불 우에서 광대넘이를 뒤이고 또 누어 굴면서
엄매에게 웃목에 두른 평풍의 새빨간 천두의 이야기를 듣기고 하고
고무더러는 밝는 날 멀리는 못 난다는 뫼추라기를 잡어달라고 조르
기도 하고

⇨ 뒷장에 계속

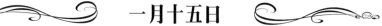

Madame Monet Wearing a Kimono 1875

나 취했노라

백석

나 취했노라
나 오래된 스코틀랜드 술에 취했노라
나 슬픔에 취했노라
나 행복해진다는 생각, 불행해진다는 생각에 취했노라
나 이 밤 공허하고 허무한 인생에 취했노라

Getting Ready for a Game 1901

내일같이 명절날인 밤은 부엌에 쩨듯하니 불이 밝고 솥뚜껑이 놀으며 구수한 내음새 곰국이 무르끓고 방안에서는 일가집 할머니가 와서 마을의 소문을 펴며 조개송편에 달송편에 죈두기송편에 떡을 빚는 곁에서 나는 밤소 팥소 든 콩가루소를 먹으며 설탕 든 콩가루소가 가장 맛있다고 생각한다 나는 얼마나 반죽을 주무르며 흰가루손이 되여 떡을 빚고 싶은지 모른다

섣달에 냅일날이 들어서 냅일날 밤에 눈이 오면 이 밤엔 쌔하얀 할미귀신의 눈귀신도 냅일눈을 받노라 못 난다는 말을 든든히 녀기며 엄매와 나는 앙궁 우에 떡돌 우에 곱새담 우에 함지에 버치며 대냥푼을 놓고 치성이나 드리듯이 정한 마음으로 냅일눈 약눈을 받는다 이 눈세기물을 냅일물이라고 제주병에 진상항아리에 채워두고는 해를 묵여가며 고뿔이 와도 배앓이를 해도 갑피기를 앓어도 먹을 물이다

Rocks at Port-Goulphar, Belle-Île 1886

유리창(琉璃窓) 1

정지용

유리(琉璃)에 차고 슬픈 것이 어린거린다.
열없이 붙어서서 입김을 흐리우니
길들은 양 언 날개를 파닥거린다.

지우고 보고 지우고 보아도
새까만 밤이 밀려 나가고 밀려와 부딪치고,
물먹은 별이, 반짝, 보석(寶石)처럼 백힌다.

밤에 홀로 유리(琉璃)를 닦는 것은
외로운 황홀한 심사이어니,
고운 폐혈관(肺血管)이 찢어진 채로
아아, 늬는 산(山)새처럼 날러 갔구나!

十二月二十日

Model Writing Postcards 1906

편지

노자영

바라던, 바라던 님의 편지를
정성껏 품에 넣어가지고
사람도 없고 새도 없는
고요한 물가를 찾아 갔어요

물가의 바위를 등에 지고
그 님의 편지를 보느라니까
어느듯 숲에서 꾀꼬리가
나의 비밀을 알아채고서
꾀꼴꾀꼴 노래하며
물가를 건너 날아갑니다

비밀을 깨친 나의 마음은
놀램과 섭섭함에 분을 참고
그 님의 편지를 물속에 던지려다
그래도 오히려 아까워
푸른 시냇가 하얀 모래에
그만 곱게 묻어놨어요

모래에 묻은 그 님의 편지
사랑이 자는 어여쁜 무덤
물도 흐르고 나도 가면
달 밝은 저녁에 뻐국새 나와서
그 님의 넋을 불러나 주려는지…

Le Givre in Giverny 1885

눈보라

오장환

눈보라는 무섭게 휘모라치고
끝없는 벌판에
보지 못하든 썰매가 달리어간다.

낱서른 젊은 사내가 썰매를 타고
달리어간다

나의 행복은 어듸에 있느냐
미칠 것 같은 나의 기쁨은 어듸에 있느냐
모든 것은
사나운 선풍 밑으로
똑같이 미쳐 날뛰는 썰매를 타고 가버리었다.

Just before Bedtime 1908

설야(雪夜)

이병각

밤은 잠들고
자취 드문 거리에
눈이 나린다.

너는 페르샤 문의의 목도리
나는 사포를 기울게 쓰고.

옛이야기처럼 아련하다
코노래를 부르며 부르며

자욱을 헤아린다.

파랑새를 쫓는다.

The Child Has The Cup, Portrait of Jean Monet 1868

거짓부리

윤동주

똑, 똑, 똑,
문 좀 열어 주세요
하룻밤 자고 갑시다
——밤은 깊고 날은 추운데
——거 누굴까
문 열어 주고 보니
검둥이의 꼬리가
거짓부리 한 걸.
꼬기요, 꼬기요,
달걀 낳았다.
간난아 어서 집어 가거라
——간난이가 뛰어가 보니
——달걀은 무슨 달걀,
고놈의 암탉이
대낮에 새빨간
거짓부리 한 걸.

Skier 1911

눈 오는 아츰

김상용

눈 오는 아츰은
가장 성(聖)스러운 기도(祈禱)의 때다.

순결(純潔)의 언덕 우
수묵(水墨)빛 가지 가지의
이루어진 솜씨가 아름다워라.

연긔는 새로 탄생(誕生)된 아기의 호흡(呼吸)
닭이 울어
영원(永遠)의 보금자리가 한층 더 다스하다.

Snow at Argenteuil 1875

개

윤동주

눈 위에서
개가
꽃을 그리며
뛰오.

An Interior with a Woman Reading 1885

순례의 서

라이너 마리아 릴케

내 눈빛을 지우십시오
나는 당신을 볼 수 있습니다

내 귀를 막으십시오.
나는 당신을 들을 수 있습니다.

발이 없어도 당신에게 갈 수 있고
입이 없어도 당신을 부를 수 있습니다.
팔이 꺾여도 나는 당신을
내 심장으로 붙잡을 것입니다.

내 심장을 멈춘다면
나의 뇌수가 맥박 칠 것입니다

나의 뇌수를 불태운다면
나는 당신을 피 속에 싣고 갈 것입니다

Snow Effect Giverny 1893

눈

윤동주

눈이
새하얗게 와서
눈이
새물새물 하오.

Age of Seventeen 1902

님의 손길

한용운

님의 사랑은 강철을 녹이는 불보다도 뜨거운데,
님의 손길은 너무 차서 한도가 없습니다.
나는 이 세상에서 서늘한 것도 보고 찬 것도 보았습니다.
그러나 님의 손길같이 찬 것은 볼 수가 없습니다.

국화 핀 서리 아침에 떨어진 잎새를 울리고 오는,
가을 바람도 님의 손길보다는 차지 못합니다.
달이 작고 별에 뿔나는 밤에, 얼음 위에 쌓인 눈도
님의 손길보다는 차지 못합니다.

나의 작은 가슴에 타오르는 불꽃은
님의 손길이 아니고는 끄는 수가 없습니다.

님의 손길의 온도를 측량할 만한 한란계는
나의 가슴 밖에는 아무데도 없습니다.
님의 사랑은 불보다도 뜨거워서, 근심 산(山)을 태우고 한(恨)
바다를 말리는데, 님의 손길은 너무도 차서 한도가 없습니다.

Lavacourt under Snow 1881

이것은 그 곰의 잔등에 업혀서 길여났다는 먼 녯적 큰마니가
또 그 짚등색이에 서서 자채기를 하면 산 넘엣 마을까지 들렸다는
먼 녯적 큰아바지가 오는 것같이 오는 것이다

아, 이 반가운 것은 무엇인가
이 히수무레하고 부드럽고 수수하고 슴슴한 것은 무엇인가
겨울밤 쩡하니 닉은 동티미국을 좋아하고 얼얼한 댕추가루를
좋아하고 싱싱한 산꿩의 고기를 좋아하고
그리고 담배 내음새 탄수 내음새 또 수육을 삶는 육수국 내음새
자욱한 더북한 삿방 쩔쩔 끓는 아르굳을 좋아하는 이것은 무엇인가

이 조용한 마을과 이 마을의 으젓한 사람들과 살틀하니
친한 것은 무엇인가
이 그지없이 고담하고 소박한 것은 무엇인가

Bridesmaid 1917

새로워진 행복

박용철

검푸른 밤이 거룩한 기운으로
온 누리를 덮어싼 제,
그대 아침과 저녁을 같이하던
사랑은 눈의 앞을 몰래 떠나,
뒷산 언덕 우에 혼잣몸을 뉘라.
별 많은 하늘 무심히 바래다가
시름없이 눈감으면.
더 빛난 세상의 문 마음눈에 열리리니,
기쁜 가슴 물결같이 움즐기고,
뉘우침과 용서의 아름답고 좋은 생각
헤엄치는 물고기떼처럼 뛰어들리.
그러한 때, 저 건너,
검은 둘레 우뚝이 선 산기슭으로
날으듯 빨리 옮겨가는 등불 하나
저의 집을 향해 바쁘나니,
무서움과 그리움 섞인 감정에
그대 발도 어둔 길을 서슴없이 달음질해,
아늑한 등불 비치는데 들어오면,
더 아늑히 웃는 사랑의 눈은
한동안 멀리 두고 그리던 이들같이
새로워진 행복에 부시는 그대 눈을 맞아 안으려니.

Le Pont-Neuf 1873

국수

백석

눈이 많이 와서
산엣새가 벌로 나려 멕이고
눈구덩이에 토끼가 더러 빠지기도 하면
마을에는 그 무슨 반가운 것이 오는가 보다
한가한 애동들은 어둡도록 꿩사냥을 하고
가난한 엄매는 밤중에 김치가재미로 가고
마을을 구수한 즐거움에 싸서 은근하니 홍성홍성 들뜨게 하며
이것은 오는 것이다
이것은 어느 양지귀 혹은 능달쪽 외따른 산녚은댕이 예데가리
밭에서
하로밤 뽀오햔 흰김 속에 접시귀 소기름불이 뿌우현 부엌에
산멍에 같은 분틀을 타고 오는 것이다
이것은 아득한 녯날 한가하고 즐겁든 세월로부터
실 같은 봄비 속을 타는 듯한 녀름볕 속을 지나서 들쿠레한
구시월 갈바람 속을 지나서
대대로 나며 죽으며 죽으며 나며 하는 이 마을 사람들의
으젓한 마음을 지나서 텁텁한 꿈을 지나서
지붕에 마당에 우물든덩에 함박눈이 푹푹 쌓이는 여늬 하로밤
아배 앞에 그 어린 아들 앞에 아배 앞에는 왕사발에 아들
앞에는 새끼사발에 그득히 사리워 오는 것이다

⇨ 뒷장에 계속

Open-Air Painter. Winter-Motif from Åsögatan 145, Stockholm 1886

간판 없는 거리

윤동주

정거장 플랫폼에
내렸을 때 아무도 없어,
다들 손님들뿐,
손님 같은 사람들뿐,
집집마다 간판이 없어
집 찾을 근심이 없어
빨갛게
파랗게
불붙는 문자도 없이
모퉁이마다
자애로운 헌 와사등에
불을 켜놓고,
손목을 잡으면
다들, 어진 사람들
다들, 어진 사람들
봄, 여름, 가을, 겨울,
순서로 돌아들고.

Road, Snow Effect, Sunset 1869

설상소요(雪上逍遙)

변영로

곱게 비인 마음으로
눈 위를 걸으면 눈 위를 걸으면
하얀 눈은 눈으로 들어오고
머리 속으로 기어들어 가고
마음 속으로 스며들어 와서
붉던 사랑도 하얘지게 하고
누르던 걱정도 하얘지게 하고
푸르던 희망도 하얘지게 하며
검던 미움도 하얘지게 한다.
어느 덧 나도 눈이 돼 하얀 눈이 되어
환괴(幻怪)한 곡선(曲線)을 대공(大空)에 그리우며 내리는
동무축에 휩싸이어 내려간다—
곱고 아름다움으로 근심과
죽음이 생기는
색채(色彩)와 형태(形態)의 세계(世界)를 덮으려.
아름다웁던 〈폼페이〉를 내려 덮은
뻬쓰 뿌쓰 화산(火山)의 재같이!

十二月二十七日

On The Eve of The Trip to England 1909

고양이 달아나
매화를 흔들었네
으스름달

이케시니 곤스이

一月七日

The Magpie 1868~1869

겨울 햇살이
지금 눈꺼풀 위에
무거워라

다카하마 교시

Cosy Corner 1894

개

백석

접시 귀에 소기름이나 소뿔등잔에 아즈까리 기름을 켜는
마을에서는 겨울밤 개 짖는 소리가 반가웁다

이 무서운 밤을 아래웃 방성 마을 돌아다니는 사람은 있어
개는 짖는다

낮배 어니메 치코에 꿩이라도 걸려서 산 너머 국숫집에
국수를 받으려 가는 사람이 있어도 개는 짖는다

김치가재미선 동치미가 유별히 맛나게 익는 밤

아배가 밤참 국수를 받으려 가면 나는 큰마니의 돋보기를
쓰고 앉어 개 짖는 소리를 들은 것이다

The Seine at Bougival in The Evening 1870

저녁해ㅅ살

정지용

불 피여으르듯 하는 술
한숨에 키여도 아아 배곺아라.

수저븐 듯 노힌 유리
바작 바작 씹는 대도 배곺으리.

네 눈은 고만(高慢)스런 흑(黑) 단초.
네 입술은 서운한 가을철 수박 한 점.

빨어도 빨어도 배곺으리.

술집 창문에 붉은 저녁해ㅅ살
연연하게 탄다, 아아 배곺아라.

Azalea 1906

마당 앞 맑은 새암을

김영랑

마당 앞
맑은 새암을 들여다본다

저 깊은 땅 밑에
사로잡힌 넋 있어
언제나 먼 하늘만
내려다보고 계심 같아

별이 총총한
맑은 새암을 들여다본다

저 깊은 땅속에
편히 누운 넋 있어
이 밤 그 눈 반짝이고
그의 겉몸 부르심 같아

마당 앞
맑은 새암은 내 영혼의 얼굴

一月五日

Houses on The Achterzaan 1871

내가 이렇게 외면하고

백석

내가 이렇게 외면하고 거리를 걸어가는 것은
잠풍 날씨가 너무 좋은 탓이고

가난한 동무가 새 구두를 신고 지나간 탓이고 언제나
꼭 같은 넥타이를 매고 고운 사람을 사랑하는 탓이다

내가 이렇게 외면하고 거리를 걸어가는 것은
또 내 많지 못한 월급이 얼마나 고마운 탓이고

이렇게 젊은 나이로 코밑수염도 길러보는 탓이고
그리고 어느 가난한 집 부엌으로 달재 생선을 진장에
꼿꼿이 지진 것은 맛도 있다는 말이 자꾸 들려오는 탓이다

十二月三十日

Lavoir et Moulin d'Osny 1884

전라도 가시내

이용악

알룩조개에 입맞추며 자랐나
눈이 바다처럼 푸를 뿐더러 까무스레한 네 얼굴
가시내야
나는 발을 얼구며
무쇠다리를 건너온 함경도 사내

바람소리도 호개도 인전 무섭지 않다만
어두운 등불 밑 안개처럼 자욱한 시름을 달게 마시련다만
어디서 흉참한 기별이 뛰어들 것만 같애
두터운 벽도 이웃도 못 미더운 북간도 술막

온갖 방자의 말을 품고 왔다
눈포래를 뚫고 왔다
가시내야
너의 가슴 그늘진 숲속을 기어간 오솔길을 나는 헤매이자
술을 부어 남실남실 술을 따르어
가난한 이야기에 고이 잠거다오

⇨ 뒷장에 계속

The Boat Studio 1874

못 자는 밤

윤동주

하나, 둘, 셋, 넷

....

밤은

많기도 하다.

In The Corner 1894

네 두만강을 건너왔다는 석 달 전이면
단풍이 물들어 천 리 천 리 또 천 리 산마다 불탔을 겐데
그래두 외로워서 슬퍼서 초마폭으로 얼굴을 가렸더냐
두 낮 두 밤을 두루미처럼 울어 울어
불술기 구름 속을 달리는 양 유리창이 흐리더냐

차알삭 부서지는 파도소리에 취한 듯
때로 싸늘한 웃음이 소리 없이 새기는 보조개
가시내야
울 듯 울 듯 울지 않는 전라도 가시내야
두어 마디 너의 사투리로 때아닌 봄을 불러줄게
손때 수집은 분홍 댕기 휘 휘 날리며
잠깐 너의 나라로 돌아가거라

이윽고 얼음길이 밝으면
나는 눈포래 휘감아치는 벌판에 우줄우줄 나설 게다
노래도 없이 사라질 게다
자욱도 없이 사라질 게다

Camille 1866

가슴

윤동주

불 꺼진 화독을
안고 도는 겨울밤은 깊었다.

재(灰)만 남은 가슴이
문풍지 소리에 떤다.

At The Piano 1900

그믐밤

허민

그믐밤 하늘 우에 겨운 별빛은
내 사랑이 가면서 남긴 웃음가
힘도 없이 떠나신 그의 자취는
은하숫가 희미한 구름 같아라.

땅 우에 외롭게 선 이내 넋은
무덤 없는 옛 기억에 불타오르네
모든 원성 닥쳐도 변치 말고서
뜻과 뜻을 같이해 나가란 말씀.

허물어진 내 얼굴에 주름 잡히고
까스러운 노래도 한숨의 종자
희미하게 떠오르는 웃음의 별을
말없이 잡으려는 미련의 마음.

一月二日

Etretat In The Rain 1886

바람이 불어

윤동주

바람이 어디로부터 불어와
어디로 불려가는 것일까.

바람이 부는데
내 괴로움에는 이유(理由)가 없다.
내 괴로움에는 이유(理由)가 없을까,

단 한 여자(女子)를 사랑한 일도 없다.
시대(時代)를 슬퍼한 일도 없다.

바람이 자꾸 부는데
내 발이 반석 위에 섰다.

강물이 자꾸 흐르는데
내 발이 언덕 위에 섰다.

C·L

Impression, Sunrise 1872

서시

윤동주

죽는 날까지 하늘을 우러러
한 점 부끄럼이 없기를,
잎새에 이는 바람에도
나는 괴로워했다.
별을 노래하는 마음으로
모든 죽어가는 것을 사랑해야지.
그리고 나한테 주어진 길을
걸어가야겠다.

오늘 밤에도 별이 바람에 스치운다.

一月.

지난밤에 눈이 소오복이 왔네

정월의 냇물은
얼었다 녹았다 정다운데
세상 가운데 나고는
이 몸은 홀로 지내누나.

- 고려가요 '동동' 중 一月

화가 **클로드 모네**

Oscar-Claude Monet, 1840~1926. 프랑스의 화가. 파리 출생. 소년 시절을 르아브르에서 보냈으며, 18세 때 그곳에서 화가 로댕을 만나, 외광(外光) 묘사에 대한 초보적인 화법을 배웠다. 1874년, 프리데리크 바지유와 함께 작업실을 마련하여, '화가·조각가·판화가·무명예술가 협회전'을 개최하고 여기에 12점의 작품을 출품하여 호평을 받았다. 출품된 작품 중 〈인상·일출(soleil levant Impression)〉이라는 작품의 제목에서, '인상파'라는 이름이 모네를 중심으로 한 화가집단에 붙여졌다. 이후 1886년까지 8회 계속된 인상파전에 5회에 걸쳐 많은 작품을 출품하여 대표적 지도자로 위치를 굳혔다. 한편 1878년에는 센 강변의 베퇴유, 1883년에는 지베르니로 주거를 옮겨 작품을 제작하였고, 만년에는 저택 내 넓은 연못에 떠 있는 연꽃을 그리는 데 몰두하였다. 자연을 감싼 미묘한 대기의 뉘앙스나 빛을 받고 변화하는 풍경의 순간적 양상을 그려내려는 그의 의도는 〈루앙대성당〉 〈수련(睡蓮)〉 등에서 보듯이 동일주제를 아침, 낮, 저녁으로 시간에 따라 연작한 태도에서도 충분히 엿볼 수 있다. 이 밖에 〈소풍〉 〈강〉 등의 작품도 유명하며 만년에는 눈병을 앓다가 86세에 세상을 떠났다.

시인

윤동주 백석 정지용 박인환 윤곤강 박용철 이장희 권환 변영로 오장환 장정심 다카하마 교시 기노 쓰라유키

C.L.

차례

열두 개의 달 시화집 일력 에디션

초판 1쇄 발행 2022년 10월 20일
초판 2쇄 발행 2022년 11월 11일

화가 클로드 모네 외 11명
시인 윤동주 외 64명
발행인 정수동 이남경
발행처 저녁달
브랜드 저녁달고양이
출판등록 2017년 1월 17일 제406-2017-000009호
주소 경기도 파주시 문발로 142 니은빌딩 304호
전화 02-599-0625
팩스 02-6442-4625
이메일 moon5990625@gmail.com
인스타그램 @moon5990625
ISBN 979-11-89217-15-0 00800

* 저녁달고양이는 저녁달출판사의 문학 브랜드입니다.

열두 개의 달 시화집 일력 에디션

그림과 시로 빛나는 당신의 하루

그림은 말없는 시이고,
시는 말하는 그림이다.

저녁달
고양이